KB123038

좋은지 나쁜지 누가 아는가

좋은지 나쁜지
누가 아는가

류시화

더숲

자기 생의 작가

티베트 고원에 우뚝 솟은 카일라스산은 여러 종교의 성지로, 만년설 덮인 산 정상에 시바 신이 산다고 사람들은 믿어 왔습니다. 시바 신은 주로 명상과 고행을 하며 지내기 때문에 그의 아내 파르바티는 늘 춥고 무료했습니다.

하루는 무척 심심해진 파르바티가 시바 신에게 졸랐습니다.

"재미있는 이야기 하나만 해 줘요."

시바 신이 말했습니다.

"당신이 원하면 기꺼이 해 주리다."

하지만 파르바티가 한 가지 조건을 달았습니다.

"나만을 위한 특별한 이야기를 들려줘요. 이 세상 누구도 들어 본 적 없는 완전히 새로운 이야기여야만 해요."

시바 신은 파르바티의 청에 따라 이야기 하나를 들려주었습니다. 너무나 재미있고 의미가 담긴 내용이었기 때문에 이야기가 끝나자 파르바티는 좋아하며 말했습니다.

"하나만 더 이야기해 줘요."

그래서 시바 신은 또 한 편의 이야기를 들려주었고, 그런 다음 파르바티의 간청에 못 이겨 또 다른 이야기를 해 줘야만 했으며, 여신의 눈꺼풀이 무거워져 마침내 잠들 때까지 계속해서 새로운 이야기를 들려주었습니다.

그러나 그 이야기들을 들은 이는 파르바티만이 아니었습니다. 때마침 긴급히 보고할 사항이 있어 찾아온 신관이 문밖에서 시바 신의 이야기를 우연히 엿듣게 되었습니다. 그는 첫 번째 이야기에 심취한 나머지 유혹을 이기지 못하고 문에 귀를 대고 모든 이야기를 다 듣고 말았습니다.

시바 신의 이야기가 끝나자 집으로 달려간 신관은 마치 자기가 지어낸 이야기인 양 자신의 아내에게 밤새워 그 흥미진진한 이야기들을 들려주었습니다.

신관의 아내는 파르바티 여신의 시녀이기도 했습니다. 다음 날 아침 여신의 긴 머리를 빗겨 주는 동안 시녀는 여신을 즐겁게 해 주려는 마음에서 전날 밤 남편에게서 들은 이야기들을 들려주기 시작했습니다.

처음 몇 대목을 듣다가 갑자기 자리를 박차고 일어난 파르바티는 폭풍을 일으키며 시바 신에게 달려가 불같이 화를 냈습니다.

"이 세상 누구도 들어본 적 없는 이야기를 해 준다고 약속했었죠?"

시바 신이 당황하며 대답했습니다.

"그랬소. 실제로도 그렇게 했고."

파르바티가 따져 물었습니다.

"그런데 내 시녀까지 그 이야기들을 다 알고 있잖아요!"

시바 신은 즉시 시녀를 불러 다그쳤습니다.

"누가 그대에게 그 이야기들을 들려주었지?"

시녀가 겁을 먹고 말했습니다.

"저의 남편이 해 주었습니다."

이번에는 그녀의 남편이 호출되었고, 신관은 무릎을 떨며 고백했습니다.

"사실은 어젯밤 급히 보고드릴 일이 있어 왔다가 문밖에서 이야기들을 듣게 되었습니다. 일부러 엿들은 것은 결코 아닙니다. 우연히 첫 번째 이야기를 듣게 되었고, 너무 재미있어서 나머지 이야기들도 계속 들을 수밖에 없었습니다."

그러면서 덧붙였습니다.

"솔직히 말씀드려 마음을 빼앗길 만큼 이야기들이 너무 좋았습니다. 끝까지 듣지 않고는 배길 수가 없었습니다."

시바 신이 화를 누르며 말했습니다.

"그렇다면 그대는 이 카일라스산을 떠나 인간 세상으로 내려가서 그 이야기들을 전하라. 세상의 모든 사람이 그 이야기들을 알게 되기 전까지는 결코 돌아올 생각을 하지 말라."

그리하여 신관은 히말라야 신전에서 추방당했으며, 이후 온 세상을 방랑하며 자신이 아는 이야기들을 인간들에게 들려줘야만 했습니다.

모든 작가는 이 신관처럼 이야기 전달자의 숙명을 짊어진 사람이 아닐까 저는 생각합니다. 늘 새롭고 재미있고 깨달음과 의미가 담긴 이야기를 들려줘야만 하는. 그래서 독자가 첫 번째 이야기를 읽고 나면 그다음 이야기도 읽고 싶게 만들어야만 하는.

우리는 저마다 자기 생의 작가입니다. 우리의 생이 어떤 이야기를 써 나가고 있는지, 그 이야기들이 무슨 의미이며 그다음을 읽고 싶을 만큼 흥미진진한지 말할 수 있는 사람은 오직 우리 자신뿐입니다.

『새는 날아가면서 뒤돌아보지 않는다』에 이어 새 책을 냅니다. 재미있게 읽어 주시기 바랍니다.

류시화

차례

안전하고 확실한 것에만 투자하는 데 관심이 있다면 당신은 행성을
잘못 선택한 것이다. 안전하게 살아가려고 마음먹는 순간 삶은 우리를
절벽으로 밀어뜨린다. 파도가 후려친다면, 그것은 새로운 삶을 살 때가

되었다는 메시지이다. 어떤 상실과 잃음도 괜히 온 게 아니다. 의미를 찾을 수 있는 고통은 추락이 아니라 재탄생의 순간이고 새로운 여행의 시작이다. 신은 구불구불한 글씨로 똑바르게 메시지를 적는다.

비를 맞는 바보

　대학 졸업반 때의 일이다. 싼 월세방이 있다는 친구의 말만 믿고 경기도 외곽에 있는 어느 종교 단체의 공동 거주지에 세를 들었다. 원룸 형태의 낡은 연립주택이었지만 방에 햇빛이 들고 문을 닫으면 완전히 독립된 공간이었다. 나무들 사이의 오솔길이 강으로 이어져 있어서 문학을 하는 나에게는 신이 준 선물이나 다름없었다. 학교도 가지 않고 밤에는 시를 쓰고 낮에는 주변을 산책했다.

　행복은 그리 오래가지 않았다. 장발을 한 낯선 자가 여름인데도 검은색 바바리코트를 입고(방이 추웠다) 자신들의 신성한 터전을 광인처럼 중얼거리며(시를 외운 것이었다) 어슬렁거리자 사람들이 의심스러운 눈초리를 보내기 시작했고, 마침내 이른 아침 여러 명이 예고도 없이 내 방으로 들이닥쳤다. 그들은 부정 탄다는 듯 신발도 벗지 않고 들어와서 나더러 당장 그곳을 떠나라고 요구했다.

나는 집주인에게 세를 냈기 때문에 몇 달은 살 권리가 있다고 예의 바르게 설명했다. 그리고 이곳이 무척 마음에 들어 가능하면 오래 살고 싶다고도 간청하며 나 자신이 시인이라고 밝혔다. 그것이 문제를 더 키웠다. 흥분한 그들은 '시인'을 '신'으로 잘못 알아듣고 급기야는 나에게 "마귀야, 마귀! 썩 물러가라!" 하고 고함치기 시작했다. 한 여성은 손가락으로 허공을 가리키며 하느님이 무섭지도 않느냐고 윽박질렀다.

난해한 자작시 몇 편밖에 가진 것 없는 문학청년에게 '마귀'라는 말이 비수처럼 꽂혔다. 결국 몇 푼 안 되지만 나에게는 거금인 남은 월세도 돌려받지 못한 채 떠나야만 했다. 내가 정문을 나설 때까지 그들은 팔짱을 끼고 서서 매의 눈으로 감시했다. 애초부터 잘못은 신앙 공동체 안에 겁 없이 뛰어든 이방인에게 있었지만, 세상으로부터 추방당한 기분이었다.

그러나 신은 나를 완전히 버리지 않으셨다. 마땅히 갈 곳이 없어 시골길을 걷다가 연극부 후배와 마주쳤다. 그의 집이 그 동네에 있었다. 군인 담요와 책 뭉치를 들고 배회하는 나를 보자 그는 약간 경계 태세를 취했다. 주변 풍경과 어울리지 않는 모습 때문이었을 것이다. 그러나 자초지종을 들은 후배는 자기 집으로 데려가더니, 내가 지쳐 보였는지 설탕 탄 물 한 그릇을 먹이고는 세들 곳을 물으러 다녔다.

그리하여 강변의 밭 한가운데 서 있는 무허가 창고에 싸게 세들 수가 있었다. 동네와 적당히 떨어져 있어서 사람들에게 또다시 배척당할 일도 없고 근처에 설탕물 타 주는 후배까지 있으니 든든했다. 전기가 없어 밤에 촛불을 켜고 지내야 하는 것 외에는 큰 불편이 없었다. 밤에는 촛불의 심지를 들여다보거나 글을 쓰고, 한낮에는 랭보나 말라르메의 시를 외우며 먼 곳까지 한가롭게 걸어 다녔다.

이내 여름 장마가 닥쳤다. 먹구름이 창고 슬레이트 지붕 위에 드리워지고 천둥이 헛으름장을 놓더니 저녁부터 비가 퍼붓기 시작했다. 사방에서 들리는 빗소리에 잠을 이룰 수 없었다. 한밤중에 밖으로 나간 나는 기겁을 하고 놀랐다. 폭우에 급격히 불어난 강물이 금방이라도 밭과 창고를 삼킬 것처럼 저만치서 부풀어 오르고 있었다. 동트기 전이라 어두운데도 물빛은 무서울 만큼 희게 빛났다.

모든 것이 불안하기만 한 시기였다. 졸업을 얼마 앞두고 있었지만 살아갈 날들이 살아온 날들보다 더 힘들게 느껴져, 어느 방향으로 나아가야 할지 앞이 내다보이지 않았다. 그 불안감을 가중시키며 저 앞에서 강물이 너울거리고 있었다.

그때, 더 이상 밀려날 곳도 없는 두려움 속에서 나를 구원한 것은 다름 아닌 나 자신이었다. 낡은 창고 앞에 서서 위협하듯 불어 오르는 강물을 보며 나는 문득 생각했다. '나는 시인이 아닌가!' 하고.

그렇게 생각하는 순간, 그 모든 상황이 시를 쓰고 문학을 하기 위해서는 당연히 경험해야 하는 일들로 여겨지고 삶의 의지가 다시 솟았다.

그렇다, 빗소리를 들으며 촛불 아래 글을 쓰는 것은 시인에게 가장 어울리는 일이었다. 깊은 밤 홀로 강의 섬뜩한 물빛과 마주하는 것도, 폐렴을 개의치 않고 비를 맞는 것도 시인이기에 할 수 있는 일이 아닌가. '작가는 비를 맞는 바보'라고 나탈리 골드버그는 『뼛속까지 내려가서 써라』에서 말했다. 폭우가 쏟아져 사람들이 우산을 펴거나 신문으로 머리를 가리고 서둘러 뛰어갈 때 작가는 아무렇지도 않게 비를 맞는 바보라는 것이다. 자신의 안전을 생각하거나 시간에 맞춰 어딘가에 도착하기보다 무늬를 그리며 웅덩이에 떨어지는 빗방울들을 응시하는 것, 그것이 작가가 자신의 빛나는 순간을 붙잡는 방법이라는 것이다.

불어나는 강물 앞에 나는 혼자 서 있었고 세상은 넘실거렸다. 하지만 나는 더 이상 달아나지 않기로 했다. 장대비에 연거푸 이마를 두들겨 맞으며 작가로서의 내 삶을 거룩한 소명으로 여겨야 한다고 마음먹었다. 불안과 고독도 내 글의 부사와 형용사가 될 것이라고. 그 순간 나는 정말로 작은 세계의 신이 된 것 같았다.

파울로 코엘료의 소설 『연금술사』의 주인공 산티아고는 성직자가 되라는 부모의 권유를 뿌리치고 양치기를 하다가 꿈에서 본 보물을 찾기 위해 여행을 떠난다. 그러나 모로코의 탕헤르라는 도시에 이르러 양 판 돈을 전부 도둑맞는다. 낯선 시장에서 무일푼으로 잠을 깬 그는 화가 나고, 절망하고, 자신을 피해자라고 생각한다.

하지만 잠시 후 그 상황을 다른 각도에서 바라본 그는 자신이 도둑의 희생자가 아니라 보물을 찾아 여행하는 모험가라는 사실을 깨닫는다. 그럼으로써 그 상황을 보물을 발견하기 위해서는 누구나 겪어야 하는 과정으로 여기고 여행의 의지를 되찾는다. 돈을 도둑맞은 현실을 부정하는 것이 아니라, 그 상황으로 인해 자신의 정체성이 흔들리지 않도록 한 것이다.

삶은 때로 도둑보다 더한 것을 우리에게 선사한다. 그때는 자신이 낯선 별에 불시착한 갈 곳 없는 영혼처럼 느껴진다. 산티아고는 어디든 갈 수 있는 바람을 부러워한다. 그리고 문득 깨닫는다. 모험을 떠나지 못하게 자신을 가로막는 것은 아무것도 없다는 사실을.

자신의 소명을 사랑하면 필시 세상도 사랑하게 된다. 그 밤에 비를 맞으면서 나는 온 영혼을 다해 소리 내어 시를 외웠다. 그리고 나 자신이 '오갈 데 없는 처지'라거나 '공동체에서 쫓겨난 마귀'가 아니라 시인이라고 생각하자 얼굴을 때리는 빗방울이, 빗줄기에 춤추는 옥수수 잎이, 촛농이 떨어지는 창턱까지도 축복처럼 여겨졌다. 그런 시적인 순간은 아무에게나 주어지는 것이 아니라는 것도.

삶이 내게 말하려 했던 것이 그것이었다. 이 깨달음은 그날 이후에도 나를 붙들어 주었다. 언제 어디서나 나 자신이 시인임을 기억할 때, 모든 예기치 않은 상황들을 마음을 열고 받아들일 수 있었다. 그때 삶이라는 이 사건이 글을 쓰기 위한 선물로 바뀌었다. 그리고 그것이 내게는 인생 본연의 아름다움과 경이로움을 잃지 않는 길이었다.

새는 날아서 어디로 가게 될지 몰라도

한 여성이 남편을 잃고 딸과 함께 살았다. 딸은 성년이 되었지만 아직 직장을 구하지 못했고, 그녀 자신도 건강이 좋지 않아 일을 할 수 없는 상황이어서 소유한 물건들을 하나씩 팔아 생계를 이어 나갔다. 마침내는 가장 소중히 여기는, 남편 집안 대대로 물려 내려온 사파이어 보석 박힌 금목걸이마저 팔지 않으면 안 되었다.

여성은 딸에게 목걸이를 주며 그 도시에서 가장 뛰어난 어느 보석상에게 가서 팔아 오라고 일렀다. 딸이 목걸이를 가져가 보여 주자 그 보석상은 세밀히 감정한 후, 그것을 팔려는 이유를 물었다. 처녀가 어려운 가정 사정을 이야기하자 그는 말했다.

"지금은 금값이 내려갔으니 팔지 않는 것이 좋다. 나중에 팔면 더 이익이다."

그런 다음 보석상은 처녀에게 약간의 돈을 빌려주며 당분간 그 돈으로 생활하라고 일렀다. 그리고 가능하면 내일부터 보석 가게에 출근해 자신의 일을 도와달라고 부탁했다. 그러면 어느 정도 생계를 해결할 수 있을 것이라고.

　　그래서 처녀는 보석 가게에서 일하게 되었다. 그녀에게 맡겨진 임무는 보석 감정을 보조하는 일이었다. 그녀는 뜻밖에도 그 일이 자신의 적성에 맞는다는 것을 발견했으며, 빠른 속도로 일을 배워 얼마 안 가서 훌륭한 보석 감정가가 되었다. 그녀의 실력과 정직성이 소문나, 금이나 보석 감정이 필요한 사람들이 멀리서도 그녀를 찾아왔다. 그런 그녀를 바라보는 보석상의 얼굴에 흐뭇한 미소가 떠나지 않았다.

　　하루는 보석상이 처녀에게 말했다.

　　"알다시피 지금 금값이 많이 올랐으니 어머니에게 말해서 그 사파이어 금목걸이를 가져오라. 지금이 그것을 팔 적기이다."

　　그녀는 집으로 가서 어머니에게 목걸이를 달라고 말했다. 그리고 보석상에게 가져가기 전에 이번에는 자신이 직접 그것을 감정했다. 그런데 그 금목걸이는 순금이 아니라 도금한 것이었다! 가운데에 박힌 사파이어 보석도 미세하게 균열이 간 저급한 등급에 불과했다.

　　이튿날 보석상이 왜 목걸이를 가져오지 않았느냐고 묻자 처녀는 말했다.

"굳이 가져올 필요가 없었어요. 배운 대로 감정해 보니 전혀 값어치 없는 목걸이라는 걸 한눈에 알 수 있었어요."

그러면서 그녀는 보석상에게, 목걸이의 품질을 처음부터 분명히 알았을 텐데 왜 진작 말해 주지 않았느냐고 물었다.

보석상이 미소 지으며 말했다.

"만약 내가 그때 말해 줬다면 내 말을 믿었겠느냐? 아마도 너와 네 어머니의 절박한 상황을 이용해 내가 값을 덜 쳐주려 한다고 의심했을 것이다. 혹은 헛된 희망을 품고 더 좋은 값에 목걸이를 팔려고 보석상들을 돌아다니거나 절망해서 살아갈 의지를 잃었을 것이다. 내가 그때 진실을 말해 준다고 해서 우리가 무엇을 얻었겠는가? 아마도 네가 보석 감정가가 되는 것은 불가능했을 것이다. 하지만 지금 너는 보석에 대한 전문 지식을 익혔고, 나는 너의 신뢰를 얻었다."

경험을 통해 스스로 가짜와 진짜를 알아보는 눈을 갖는 일은 어떤 조언보다 값지다. 직접적인 경험을 통해 자신의 판단력을 갖게 된 사람은 남을 의심하거나 절망하느라 삶을 낭비하지 않는다. 다만 자신의 길을 갈 뿐이다. 우리는 다른 사람이 그 길에 이르는 과정을 섣부른 충고나 설익은 지혜로 가로막지 말아야 한다. 경험하지 않고 얻은 해답은 펼쳐지지 않은 날개와 같다. 삶의 문제는 삶으로 풀어야 한다.

히말라야 트레킹을 다니기 시작한 초기에 나는 네팔의 랑탕 지역에 오를 계획을 세웠다. 10월과 11월이 가장 좋은 시기이지만 장발의 여행자가 카트만두 게스트하우스에 여장을 풀었을 때는 1월이었다. 마침 그곳에서 등반 전문가인 네팔인 친구를 만나 내 트레킹 일정을 설명했다. 샤브루베시라는 지역에서 출발해 해발 3,800미터의 칸진 곰파(곰파는 '절'이라는 뜻)까지 갔다가 내려오는 일주일 코스였다. 지난번 트레킹 때는 셸파족 가이드와 함께 많은 짐을 지고 갔기 때문에 이번에는 홀가분하게 배낭도 최소한으로 줄여 혼자서 떠날 생각이었다. 이미 몇 번의 트레킹 경험이 있었기에 나름 자신감이 넘쳤다.

슬리핑백도 없이 단출하게 떠난다는 내 얘기를 듣고 그 친구는 약간 염려하는 표정을 지으면서도 고개를 끄덕였다. 그리하여 그 랑탕 트레킹은 내 인생에서 티베트 여행과 맞먹을 만큼 고통스러운 경험이 되었다. 산길은 상상한 것보다 훨씬 험하고 복잡했다. 안내자가 없으니 수시로 길을 잘못 들어 일주일 코스가 열흘로 바뀌었으며, 산악 주민들도 그저 뒷동산에 놀러 온 듯한 내 차림을 보고 놀라서 쳐다보았다. 샤브루베시에서 출발할 때의 세련된 모습과는 완전히 다르게 열흘 뒤 카트만두로 돌아왔을 때는 장발의 유목민으로 변해 있었다.

그러나 고통스럽기만 했는가? 그 후 스무 번 넘는 히말라야 트레킹을 했지만 가장 기억에 남는 여정이 랑탕 트레킹이다. 눈과 영혼을 압도하는 가네쉬 히말의 설산 풍경 때문만이 아니다. 중간의 가게에서 야크 털실로 짠 두툼한 재킷과 장갑, 모자를 사야 했을 만큼의 견딜 수 없는 추위, 무엇보다 현지인들의 인정 어린 도움을 잊을 수 없다. 슬리핑백 없이 산악지대의 겨울밤을 나는 것은 불가능했으므로 게스트하우스 주인들의 배려로 진흙 화로 의 불씨가 타닥거리는 부엌에서 잠을 잤다. 덕분에 주인 가족들 과 많은 얘기를 나누었으며, 이 인간과 인간의 교류는 이후 내 트 레킹 방식을 바꿔 놓았다.

고산지대의 강렬한 햇빛에 얼굴은 폭탄 맞은 것처럼 그을리고 입술은 부르트고 몸은 녹초가 되어 돌아왔지만, 정신은 어느 때 보다 싱그럽고 눈빛은 형형했다. 그때 그 네팔인 산악 전문가를 다시 만났다.

내가 물었다.

"왜 나한테 말해 주지 않았지? 랑탕 지역의 환경을 잘 알면서 어떤 장비가 필요한지 왜 조언해 주지 않았어?"

친구가 말했다.

"직접 경험하는 것이 너에겐 더 좋으니까. 그리고 앞으로도 계 속 트레킹을 할 테니까 말야. 도중에서 필요한 장비와 도구들을 구할 수 있으리란 걸 난 알고 있었어. 어떻게든 문제를 해결해 나 갈 수 있으리란 것도."

삶은 설명을 듣는 것이 아니라 경험하는 것이다. 경험은 우리 안의 불순물을 태워 버린다. 만약 그 친구가 필요한 조언을 아끼지 않았다면 랑탕 트레킹은 내 혼에 그토록 깊이 각인되지 않았을 것이다. 나는 그때 그 길들이 나를 기다리고 있었다고 믿는다. 경험자들의 조언에 매달려 살아가려는 나를 직접 불확실성과 껴안게 하려고. 미지의 영역에 들어설 때 안내자가 아니라 눈앞의 실체와 만나게 하려고. 결국 삶은 답을 알려줄 것이므로. '새는 날아서 어디로 가게 될지 몰라도 나는 법을 배운다'는 말을 나는 좋아한다.

그것을 큰일로 만들지 말라

한 사람이 라다크 지역을 여행했다. 해발 3,500미터의 레 시내에 있는 게스트하우스에 여장을 푼 그는 먼저 도착한 투숙객이 휴대용 산소호흡기를 코에 대고 누워 있는 것을 보고 말로만 듣던 고산병을 실감했다. 3층 객실을 오르내리는 데도 숨이 찼다. 곧이어 머리가 지끈거리고 어지럼증이 밀려왔다. 저녁을 먹은 후에는 속이 메슥거리고 증상이 더 심해지는 기분이었다.

하루만 휴식을 취하면 된다고 숙소 주인이 말했지만, 시간이 지날수록 머리가 조여 오고 심장이 두근거렸다. 비싼 돈을 내고 대여한 산소호흡기도 별 효과가 없어 보였다. 그리하여 고산병에 대한 공포가 시시각각 커져만 갔다. 3일째 되는 날, 의사가 와서 진찰을 하고 혈중 산소 농도를 측정한 후 단순한 소화불량이라며 약을 처방했지만 불안감을 떨칠 수 없었다.

결국 일주일 동안의 정해진 여정을 게스트하우스 방 안에 누워서 다 보낸 후 비행기를 타고 낮은 지대로 내려와야만 했다. 나중에야 다른 여행자들로부터 그 정도는 고산지대에서 누구나 겪는 사소한 증상이라는 말을 듣고 스스로 문제를 키운 자신의 어리석음을 깨달았다고 그는 나에게 고백했다.

외부 상황에 대한 지나친 해석으로 내면의 전투에 시간과 에너지를 쏟는 일은 인간 심리의 흔한 측면이다. 만약 누군가가 당신에게 "눈을 감고 앉아 있을 때 노랑 앵무새를 생각하지 말라."라고 말한다면, 당신은 눈을 감자마자 노랑 앵무새를 떠올릴 것이다. 그 생각은 차츰 강박적이 되어 밥을 먹을 때나 일을 할 때나, 심지어 꿈속에도 노랑 앵무새가 나타날 것이다. 그 새를 괴물로 만드는 것은 당신 자신이다.

남인도 첸나이에 처음 갔을 때의 일이다. 자정 넘은 시각에 도착해 숙소를 향해 가는데, 12월인데도 폭우가 쏟아져서 앞이 보이지 않을 정도였다. 천 하나로 가림막을 한 오토릭샤(오토바이와 자동차 중간 형태인, 인도 서민 교통수단의 상징) 안으로 사정없이 비가 들이쳐 백 미터도 못 가서 속옷까지 흠뻑 젖고 배낭은 물에 빠뜨린 꼴이 되었다.

짧은 시간에 그토록 많은 비를 맞은 것은 처음이었다. 바퀴까지 물에 잠긴 오토릭샤가 늪인지 웅덩이인지 모를 곳을 종횡무진으로 달리니 사방의 비를 다 맞는 기분이었다. 어쩌다 보이는 물체가 소인지 사람인지 분간하기도 어려웠다. 쇠창살을 꽉 움켜쥔 내 두려움을 느꼈는지, 늙은 릭샤 운전수가 어깨너머로 말했다.

"낫싱 스페셜Nothing special!"

'큰일이 아니니 걱정하지 말라.'는 것이었다(우기가 긴 남인도에서는 12월에도 종종 폭우가 쏟아진다). 그 한마디 말이 부정적인 상상으로 내면의 전투를 벌이는 내 마음을 한순간에 바꿔 놓았다. '나는 여행자 아닌가? 아열대 나라가 아니면 어디서 이런 비를 맞아 보겠는가?' 하는 생각이 퍼뜩 들었다. 그날 밤, 젖은 옷과 배낭 속 물건들을 게스트하우스 방 안에 가득 늘어놓고 잠이 들었다. 아침에 일어나 창문을 여니 날이 활짝 개어 있고 싱그런 바나나를 가득 실은 수레가 지나가고 있었다.

강박적인 생각을 내려놓을 때 마음과 가슴이 열린다. 우리는 영원하지 않은 문제들에 너무 쉽게 큰 힘을 부여하고, 그것과 싸우느라 삶의 아름다움에 애정을 가질 여유가 없다. 단지 하나의 사건일 뿐인데도 마음은 그 하나를 전체로 만든다. 삶에서 겪는 문제 대부분이 그런 식으로 괴물이 되어 우리를 더 중요한 것에서 멀어지게 한다. 영적인 삶의 정의는 '가슴을 여는 것' 혹은 '받아들임'이 전부일지도 모른다.

얼마 전, 한국에 온 인도인 친구와 차를 마시다가 그의 삼촌 파탁 씨의 소식을 듣게 되었다. 나도 만난 적 있는 그 삼촌이 얼마 전 급성 빈혈에 걸려 수혈이 필요했다. 혈액형이 희귀해 애를 먹긴 했으나 다행히 늦기 전에 기증자를 찾아 수혈에 성공했고, 파탁 씨는 건강을 회복해 정상 생활로 돌아갈 수 있었다.

하지만 한 달 뒤 새로운 문제가 발생했다. 정통 힌두교도인 파탁 씨는 한 가지 의심에 사로잡혔다. 자신에게 혈액을 기증한 사람이 누구일까? 자기처럼 신분이 높은 계급일까, 아니면 하층민일까? 만약에 불가촉천민이면 어떻게 하지? 혹시라도 무슬림이거나 범죄자라면?

자기 몸 안에 수혈된 낯선 피에 대한 의혹이 점점 커진 나머지 심장이 빨라지고 식은땀이 났다. 파탁 씨는 기증받은 혈액에 아무 이상이 없다는 의사의 말도 믿지 않았으며, 결국에는 심한 신경쇠약증에 걸렸다. 정신과 치료까지 받게 된 그는 자신의 비정상적인 심박수와 불안증과 피로감이 정체 모를 혈액 기증자의 DNA와 헤모글로빈에서 비롯된 것이라고 확신했다. 화가 난 그는 관공서마다 전화를 걸어 낮은 카스트의 혈액을 높은 신분의 사람에게 수혈하는 것을 금지하는 법률을 제정하라고 촉구했다. 일상생활을 제대로 할 수 없게 된 것은 당연한 일이었다.

절박했던 급성 빈혈에서 살아난 기쁨은 사라지고, 그가 문제를 확대시킴으로써 세상은 메아리처럼 그에게 더 많은 문제를 안겨주었다. 결국 뛰어난 문제 발견자인 그는 자신에게 다시금 주어진 새 삶의 기회를 놓치고 말았다.

이런 아름다운 우화가 있다. 숲에서 진박새가 야생 비둘기에게 말했다.

"눈송이 하나의 무게가 얼마인지 알아?"

야생 비둘기가 말했다.

"무게가 거의 없어."

진박새가 말했다.

"그럼 내가 믿기 어려운 이야기를 하나 해 주지. 내가 전나무 둥치 바로 옆 가지에 앉아 있었는데, 눈이 내리기 시작했어. 많이 오는 것도 아니고, 심한 눈보라도 아니었어. 전혀 격렬하지도 않고 마치 꿈속처럼 내렸어. 나는 달리 할 일이 없었기 때문에 내가 앉은 가지 위에 내려앉는 눈송이들의 숫자를 세었어. 정확하게 3,741,952개였어. 네 말대로라면 무게가 거의 없는 그다음 번째 눈송이가 내려앉는 순간 나뭇가지가 부러졌어."

지금 내 마음에 얼마나 많은 생각의 눈송이들이 소리 없이 쌓이고 있는가. 생각만큼 우리를 무너뜨리는 것은 없다. 마음은 한 개의 해답을 찾으면 금방 천 개의 문제를 만들어 낸다. 그런 의미에서 우리 모두는 뛰어난 상상력을 가진 작가이다. 마음이 자기와 전쟁을 벌이지 않을 때 완전히 다른 세상을 경험한다.

말기 암 진단을 받은 한 여성이 충격을 받고 심한 슬픔과 분노에 사로잡혔다. 그녀를 위로하기 위해 방문한 영적 스승에게 조언을 청하자 스승이 말한다.

"그것을 그렇게 큰일로 만들지 말아요."

암에 걸린 것은 불행한 사건이지만, 그것을 스스로 더 크게 확대시켜 자신을 괴롭히지 말라는 것이다. 평소 수행을 해 오던 그녀는 그 조언의 의미를 이해하고 차츰 마음의 평정을 되찾는다. 그리고 암은 자신의 일부일 뿐 전부가 아님을 깨닫고 주위에서 놀랄 정도로 과거보다 더 활동적인 삶을 살아간다. 암에 대한 생각을 내려놓자 두려움과 싸우던 에너지가 생명력으로 바뀌어 스스로를 치유하기 시작한 것이다. 문제와 화해하고 받아들일 때 그 문제는 작아지고 우리는 커진다. 실제로 우리 자신은 문제보다 더 큰 존재이다.

행복한 일이든 불행한 일이든 이것을 마음에 새겨야 할 것이다.

'그것을 그렇게 큰일로 만들지 말라.'

물론 이런 조언은 함부로 흉내 내선 안 된다. 만약 큰 성공으로 행복해하거나 불의의 상실로 고통받거나 병원 침대에 누워 있는 이에게 '그것을 그렇게 큰일로 만들지 말라.'고 조언했다간 당신은 당장 쫓겨나거나 절교를 당할 가능성이 높다. 그 조언은 다른 사람이 아니라 자기 자신에게 적용할 때 의미가 있다.

인생 만트라

전에 알던 한 여성은 음식을 먹기 전에 "맛있어져라, 맛있어져라!"하고 주문을 외었다. 맛을 변화시키는 특별한 마살라(양념)를 뿌리듯 자못 진지해서 보는 사람을 미소 짓게 만들었다. 집에서 음식을 만들 때도 그 주문을 왼다고 했다. "그렇게 한다고 맛없는 음식이 정말로 맛있어지겠어?" 하고 묻자, "그럼요, 이건 강력한 만트라예요!" 하고 말했다.

어느새 나까지 전염이 되어 고구마를 삶으면서도 "호박고구마가 되라, 호박고구마가 되라!" 하고 주문을 외게 되었다. 그러면 평범한 고구마가 황금색 고구마로 변신하는 기분이 든다. 물론 자기최면이다. 하지만 맛은 본래 음식 자체에 있는 것이 아니라 우리의 뇌 속에 있다고 하지 않는가. 예를 들어, 꿀 자체에는 원래 단맛이 없는데 우리의 뇌가 그것을 달게 느끼도록 진화했다는 것이다. 일종의 생존 전략이다. 따라서 자기최면은 맛에 결정적 요소이다.

뉴질랜드로 이민 가는 바람에 지금은 만날 수 없게 되었지만, 그녀가 그곳 북섬 어딘가에서 낯선 요리를 앞에 놓고 "이얏! 맛있어져라!" 하고 마법의 주문을 거는 모습이 어렵지 않게 그려진다. 그 주문이 오라처럼 반짝이며 그녀와 음식을 감미롭게 감싸는 것도.

산스크리트어에서 '만트라'의 '만'은 '마음'을 의미하고, '트라'는 '도구'이다. 문자 그대로 번역하면 '마음 도구'이다. 특정한 음절이나 단어, 문장을 반복하면 강력한 파동이 생겨 마음이 초능력에 가까운 힘을 갖게 된다는 것이 만트라 원리이다.

10년 전, 나의 폴란드인 친구 레나타에게 한꺼번에 많은 변화가 밀려왔다. 동료 교수들의 시샘과 적대감을 못 이겨 재직하던 대학을 떠나야만 했으며, 선천적인 심장병이 악화되어 정밀 검사를 받아야 했다. 그리고 더 늦기 전에 헝클어진 인생을 바로잡기 위해 중요한 결정을 내리지 않으면 안 되었다. 그때마다 그녀는 마음속으로 말했다.

"벵제 도브제!"

폴란드어로 '결국에는 다 잘될 거야All is well.'라는 뜻이다. 인생의 전환기마다 그녀를 붙잡아 준 것이 그 만트라였다. 그리고 실제로도 그렇게 되었다. 강의의 범위를 넓혀 다른 대학에서 가르치게 되었으며, 병원의 진단 결과도 염려한 것만큼 나쁘지 않았다. 마음의 결단을 내린 덕분에 그때까지 펼치지 못한 새로운 삶을 시작할 수 있었다. 어느 명상 센터의 벽에 붙어 있던 '신이 쉼표를 넣은 곳에 마침표를 찍지 말라.'는 말을 실천한 것이다.

오래전, 인도의 명상 센터에 있을 때 나 역시 같은 경험을 했다. 그 무렵 나는 불안과 광기를 주체하지 못하고 명상 수련 도중 뛰쳐나가 반나체로 돌아다니거나 서른 시간 넘는 기차를 타고 대륙 끝까지 갔다가 또다시 서른 시간 넘게 걸려 돌아오기도 했다. 제대로 먹지 못해 몸은 마를 대로 마르고, 정신이 아슬아슬하게 경계를 넘나들었다. 그럴 때마다 그곳에서 알게 된 친구가 내게 말했다.

"다 괜찮아. 마음을 내려놓아도 돼."

기차에서 내려 혼령 같은 몸과 마음으로 찾아갔을 때도 친구는 근처 식당으로 데려가 음식을 떠먹여 주며 말했다.

"괜찮아. 다 내려놓아도 돼."

배가 고파서가 아니라 영혼이 허기져서, '다 괜찮다'는 그 말을 듣기 위해 그녀를 찾아갔는지도 모른다. 지나고 나면 아무것도 아닌 일들에 마음이 풍랑을 일으키고 있음을 그 말이 일깨워 주었다. 그리고 그 만트라는 그녀의 삶에서 녹아 우러난 것이었다. 그녀는 잘못된 결혼의 고통으로 열차에서 뛰어내려 자살을 시도한 적이 있으며, 사랑하는 아이도 잃고, 숱한 몸부림의 급류를 거친 끝에 '다 괜찮아.'의 바다에 이른 것이다. 지금도 그 명상 센터를 떠올리면 전 세계에서 온 수많은 구도자들 가운데 평온하게 빛나는 그녀의 얼굴이 보인다. 탑에 갇힌 동화 속 주인공을 해방시켜 주는 마법의 단어를 그녀는 발견한 것이다.

자각하지 못해도 누구나 자신만의 만트라가 있어서 그것이 파동을 일으켜 홀로그램을 만들며, 그 홀로그램 속에서 우리는 삶을 만들어 나간다. 무의식중에 어떤 단어와 문장을 습관적으로 반복한다면 당신은 만트라 명상을 실천하고 있는 것이다.

콜카타에서 만난 젊은 여행자는 문장마다 '끔찍한'이라는 단어를 사용했다. 방문한 장소들에서 연이어 '끔찍한 사건'을 겪은 듯했다. '끔찍한 야간열차'를 탔고, '끔찍한 여인숙'에 묵었으며, '끔찍한 맛의 라시(우유를 발효시킨 유산균 음료)'를 마셨다. 심지어 '끔찍한 소똥'을 밟고, 힌두 사원에서 '끔찍한 모습의 신'과 대면하기까지 했다. 자신의 경험을 강조하기 위해 계속 '끔찍한 표정'을 지어 보였다. 다음 날 노천 찻집에서 떨떠름한 입맛으로 짜이(차와 우유와 향신료를 함께 넣어 끓인 인도식 홍차)를 마시는 그를 보았다. 그와 세상 사이에는 큰 벽이 가로놓여 있었다. 그의 여행이 그런 식으로 막을 내리지 않기를 나는 기원했다.

어느 현자가 시골을 여행하고 있을 때 한 여인이 소문을 듣고 그를 찾아왔다. 아픈 아이가 있어서 도움을 청하기 위해서였다. 현자가 그녀의 집으로 향하자 사람들이 모여들었다. 현자는 아이의 이마에 손을 얹고 기도를 시작했다. 그때 사람들 속에서 한 남자가 소리쳤다.

"병원 약도 듣지 않는데 당신의 기도가 효과가 있겠소?"

현자가 남자에게 버럭했다.

"넌 기도에 대해 아무것도 모르잖아! 바보 같은 놈!"

그 말에 남자가 분개하며 얼굴이 붉게 변했다. 그가 욕설을 퍼부으려는 찰나, 현자가 미소 지으며 말했다.

"내 말 한마디가 그대를 그토록 흥분시킨다면, 내가 하는 기도도 치료의 힘을 갖고 있지 않겠는가?"

그렇게 해서 현자는 그날 두 사람을 치유로 인도했다.

마음속에서 하는 말을 조심하라는 격언이 있다. 다른 사람은 듣지 못해도 자기 자신이 듣고 있기 때문이다. 어떤 단어는 무의식 속에서 정신을 부패시키고, 어떤 단어는 기도처럼 마음의 이랑에 떨어져 희망과 의지를 발효시킨다. 부패와 발효는 똑같이 시간이 지남에 따라 나타나는 현상이지만, 어떤 미생물이 작용하는가에 따라 해로운 변질과 이로운 변화로 나뉜다.

'네 말이 내 귀에 들린 그대로 이루어지리라.'는 단순한 성경 속 구절이 아닐 것이다. 가면이 얼굴을 누르듯 우리는 내면의 부정적인 목소리에 귀 기울이고 그것을 무의식적으로 되뇌인다. 앤드류 뉴버그는 『단어가 뇌를 바꾼다』에서 "단 하나의 단어일지라도 신체적, 감정적 스트레스를 통제하는 유전자에 영향을 미친다."라고 설명한다. '사랑'과 '평화'라는 단어를 말하는 것만으로도 우리의 뇌 기능이 변화한다는 것이다.

『곰돌이 푸』에서 푸는 피글렛에게 "오늘은 무슨 날이야?"라고 묻고 "내가 가장 좋아하는 날이야."라고 스스로 대답한다. 푸가 즐겨 하는 매일매일의 주문이다.

내 만트라는 '숨!'이다. 불안할 때, 혹은 감정적이 되거나 화가 날 때, 생각이 무의미한 방향으로 달려갈 때, 나 자신에게 '숨!' 하고 말하며 심호흡을 한다. 그러면 감정이 다스려지고, 마음이 안정되며, 지금 이 순간에 온전히 존재하게 된다.

자신에게 거는 마법의 주문, 당신의 인생 만트라는 무엇인가? 그 단어와 문장 안에서 긍정이 발효되고 있는가?

축복을 셀 때 상처를 빼고 세지 말라

"상처가 되는 경험은 우연한 사고가 아니다. 자기 존재의 방향을 찾기 위해, 즉 삶을 진지하게 살기 위해 당신이 인내심을 갖고 기다려 온 기회이다. 만약 그 사건이 일어나지 않았다면 당신은 그것과 비슷한 또 다른 경험을 찾아 나섰을 것이다."

영국 시인 W. H. 오든의 말이다.

심리상담사를 꿈꾸는 여성이 있었다. 유복한 가정에서 자란 그녀는 마음의 상처로 고통받는 사람들을 치유해 주는 일을 하고 싶었다. 대학을 졸업하고 남부럽지 않은 결혼 생활을 이어 가던 중 꿈을 실현하기 위해 심리 상담 대학원에 입학했다. 그리고 곧 불행이 닥쳤다.

하나뿐인 아들이 갑자기 쓰러져 병명도 모른 채 숨을 거뒀다. 아픔이 채 가시기도 전에 남편의 불륜을 알게 되었다. 비난과 원망의 소리를 외면한 채 남편은 그냥 그녀를 떠나 버렸다. 그리고 10개월 후 아버지의 장례식을 치르게 되리라고는 꿈에도 생각하지 못했다. 그녀가 그토록 의지하던, 언제나 바람막이가 되어 준 보호자가 사라진 것이다.

목까지 차오른 슬픔을 누르며 그녀는 자신에게 일어난 일들을 되새기고 또 되새겼다. 시간을 거꾸로 돌리면 마법처럼 그들 모두가 되돌아올 것만 같았다. 이제 그녀는 누구의 엄마도, 누구의 아내도, 누구의 딸도 아니었다. 자신이라고 여겨 온 정체성들이 모두 사라져 버리자 생애 처음으로 진지하게 존재의 의문에 맞닥뜨렸다. 삶의 거센 파도가 '너는 누구인가?'라는 질문을 그녀에게 던진 것이다. 그녀는 차츰 슬픔의 배경에 있는 자기 존재에 귀를 기울이기 시작했다. 거짓으로 위안받는 것보다 진실 때문에 상처받는 것이 낫다는 것도 깨달았다. 영혼이 살아나면 잃은 것은 중요하지 않다.

현재 그녀는 대학원 수업과 혹독한 인생 수업을 거쳐 심리치료사로 일하고 있다. 나도 아프지만 "당신은 괜찮아요?" 하고 묻는 이가 바로 융이 말한 운디드 힐러wounded healer, 상처 입은 치유자이다. 치유는 파도로도 온다. 파도는 쓰러뜨리기도 하지만 다시 쳐서 일어나게도 한다.

몸이 칼에 베이면 육체적, 감정적, 영적 치유 시스템이 즉각적으로 동원되어 이전보다 더 활발하게 살아난다고 한다. 두 차례

내한 공연을 한, '피아니스트들의 피아니스트'라 불리는 머레이 페라이어는 전성기인 40대 중반 예기치 않은 역경을 만났다. 악보에 오른쪽 엄지손가락을 베였는데 대수롭지 않게 여겼다가 염증이 악화되어 손가락뼈에 변형이 생겼다. 두 번이나 대수술을 받느라 몇 해 동안 피아노를 떠나 있어야만 했다.

피아니스트에게 피아노를 칠 수 없는 것은 암흑이나 다름없다. 그러나 페라이어는 이 시간 동안에 상상할 수 없을 만큼 성장했다고 말한다. 건반 앞을 떠나 처음으로 음악에 대해 폭넓게 생각할 시간을 갖게 되었고, 작곡가가 무슨 생각으로 음을 적었을지 고민하면서 해답을 발견해 나갔다. 그리하여 다시 연주를 시작했을 때는 한 차원 높이 성장해 있었으며, 더 명상적이고 관조적이되어 '건반 위의 음유시인'으로 불리게 되었다. 재기 후 연주한 바흐의 〈골드베르크 변주곡〉은 빌보드 차트에 15주나 오르는 사랑을 받았다. 그의 연주에는 고난을 이겨 낸 인간이 신에게 감사드리는 마음이 담겨 있다.

베토벤의 〈월광 소나타〉에 대해 페라이어는 가슴 시린 해석을 내린다.

"많은 학자들이 〈월광 소나타〉는 달빛과는 상관없다고, 사람들이 만들어 낸 이야기라고 생각했다. 그런데 한 경매에서 이 곡을 작곡하기 직전 베토벤이 쓴, '에올리언 하프를 사야겠다'는 메모가 발견되었다. 바람이 하프의 현에 닿아 소리를 만들면, 바람의 신 아이올로스가 음악을 연주하고 있다고 생각되는 것이 에올리언 하프이다. 로미오와 줄리엣처럼 젊은 연인이 세상을 떠나면 달빛만 있는 행성에 간다는 전설이 있다. 이들이 사는 고독한 섬과 같은 슬픔이 에올리언 하프를 울려 우리에게 전달된다는 생각을 베토벤은 〈월광 소나타〉에 담은 것이다."

모든 상처에는 목적이 있지 않을까? 어쩌면 우리가 상처를 치료하는 것이 아니라 상처가 우리를 치료하는지도 모른다. 상처는 우리가 자신의 어떤 부분을 변화시켜야 하는지 정확히 알려준다. 돌아보면 내가 상처라고 여긴 것은 진정한 나를 찾는 여정과 다르지 않았다. 삶의 그물망 안에서 그 고통의 구간은 축복의 구간과 이어져 있었다. '축복blessing'은 프랑스어 '상처 입다blesser'와 어원이 같다. 축복을 셀 때 상처를 빼고 세지 말아야 한다.

한 청년이 뼈암으로 한쪽 다리를 절단한 후, 건강한 사람들에 대한 증오와 절망에 빠진다. 인생을 제대로 살아 보기도 전에 그런 비극을 경험한 것이 슬픔과 분노로 표출된다. 첫 그림 치료 시간에 그는 자신의 몸을 화병 형태로 그린다. 검은색 크레용으로 잔뜩 칠해진 그 화병에는 금이 크게 가 있다.

계속해서 그림을 그리고 재활 치료를 받은 몇 년 후, 심리치료사가 그에게 처음 그린 그림을 보여 준다. 그는 그 화병을 보고는 말한다.

"오, 이 그림은 아직 완성된 것이 아니네요."

심리치료사가 그림을 완성해 보라고 제안하자, 그는 손가락으로 그 금들을 가리킨다.

"여기를 봐요. 이곳은 빛이 들어오는 곳이에요."

그렇게 말하며 노란색 크레용으로 화병에 난 금들을 통해 환하게 새어 나오는 빛을 그린다.

작자 미상의 누군가가 말했듯이, 인생은 폭풍우 속에서 어떻게 살아남을 것인가가 아니라 빗속에서 어떻게 춤을 추는가 하는 것이다.

영적 전사는 부서진 가슴을 가져야 한다고 티베트 출신의 영적 스승 초감 트룽파는 말한다. 부서진 가슴 없이는 전사 자격이 없다고. 의미를 찾을 수 있는 고통은 추락이 아니라 재탄생의 순간이고 새로운 여행의 시작이다. 가톨릭에서는 이 고통을 펠릭스 쿨파, '행운의 추락'이라고 표현한다. 상처가 구원으로 인도하기 때문이다.

아메리카 원주민 중 라코타 수우족은 고통을 겪고 슬픔에 잠겨 있을 때 신과 가장 가까워진다고 믿었다. 아플 때 에고의 껍질이 부서지기 때문이다. 그래서 상처받고 고통받는 사람을 '신성한 존재'로 여기고 그 사람에게 자신들을 대신해 기도해 줄 것을 부탁하곤 했다. 다른 누구보다도 그 사람의 기도가 신에게 가닿을 만큼 절실하고 강력하기 때문이었다.

베트남 출신의 승려 틱낫한은 말한다.

"오래전 나는 폐에서 피가 나는 바이러스에 감염되었다. 나는 수시로 피를 뱉어야만 했다. 그런 폐를 가지고 숨쉬는 것은 무척 힘들었고, 숨쉬는 동안 행복해지는 것도 어려웠다. 치료 후 폐가 완치되었고 호흡이 훨씬 나아졌다. 지금 숨을 쉬면서 나에게 필요한 것은 폐가 세균에 감염되었던 때를 기억하는 일이다. 그리고 내가 쉬는 매번의 숨마다 너무 맛있고, 너무 좋다."

삶이 우리를 밖으로부터 안으로 불러들이는 방법이 '상처'가 아닐까? 상처 없이 진정한 나를 발견할 수 있고 삶의 방향을 찾을 수 있으면 더없이 좋을 것이다. 하지만 영혼은 스스로 고난이 필요한 시기를 아는 듯하다. 우리의 삶이 상처보다 크다는 것도.

신은 구불구불한 글씨로 똑바르게 메시지를 적는다

한 수도승이 제자와 함께 여행을 떠났다. 날이 어두워져 머물 곳을 찾던 그들은 경사진 들판 한가운데에서 오두막 한 채를 발견했다. 헛간 같은 집에 누더기 옷을 입은 부부와 세 아이가 살고 있었다. 집 주위에는 곡식도 나무도 자라지 않았다. 여윈 암소 한 마리만 근처에 묶여 있었다.

수도승과 제자가 하룻밤 잠자리를 청하자, 그 집 가장이 친절하게 안으로 맞아들여 신선한 우유로 만든 간단한 음식과 치즈를 대접했다. 가난하지만 너그러운 그들의 마음씨에 두 사람은 감동받았다.

식사를 마친 수도승이 그 가족에게 도시와 마을로부터 멀리 떨어진 척박한 곳에서 어떻게 생계를 꾸리는지 물었다. 주변에 그들이 일구는 변변한 논밭도 보이지 않았기 때문이다. 삶에 지친 얼굴을 한 아내가 쳐다보자 남편이 체념한 목소리로 말했다.

"우리는 아무것도 가진 게 없고 늙은 암소 한 마리가 있을 뿐입니다. 우유를 짜서 마시거나 치즈를 만들어 먹고, 남으면 마을에 가져가 다른 식량과 바꿉니다. 그렇게 겨우 살아가고 있습니다."

이튿날 아침 수도승과 제자는 부부에게 감사의 인사를 하고 길을 떠났다. 산모퉁이에 이르자 수도승이 제자에게 말했다.

"다시 돌아가서 암소를 절벽 아래로 밀어뜨려라."

제자는 귀를 의심했다.

"저 가족은 암소에 의지해 겨우 살아가고 있습니다. 암소가 없으면 굶어 죽을지도 모릅니다."

하지만 수도승은 재차 지시했다.

"얼른 가서 내 말대로 하라."

젊은 제자는 무거운 가슴을 안고 몰래 오두막으로 돌아갔다. 그 가족의 미래가 걱정되었으나, 지혜로운 스승의 명령을 무조건 따르기로 서약했기 때문에 암소를 절벽으로 데려가 밀어뜨릴 수밖에 없었다.

몇 년 후, 제자 혼자 그 길을 여행하게 되었다. 그리고 전에 묵었던 그 오두막 부근을 지나게 되었다. 과거에 자신이 한 행위에 대한 후회의 감정이 다시금 밀려오면서, 늦었지만 그 가족을 찾아가 용서를 빌기로 마음먹었다.

산모퉁이를 돌아 예전의 장소로 들어선 제자는 놀라지 않을 수 없었다. 한때 다 쓰러져 가는 오두막이 있던 자리에 아름다운 집이 세워져 있고, 정성 들여 가꾼 밭과 화단이 집 주위를 에워싸고 있었다. 한눈에 보기에도 풍요와 행복이 넘쳤다.

제자가 문을 두드리자 소박하지만 품위 있는 차림의 남자가 나왔다.

제자가 물었다.

"전에 이곳에 살던 가족은 어떻게 되었나요? 그들이 굶어 죽게 되어 당신에게 이곳을 팔았나요?"

남자는 영문을 모르겠다는 듯, 자기 가족은 그곳에서 줄곧 살아왔다고 말했다. 제자는 여러 해 전 스승과 함께 그곳의 쓰러져 가는 오두막에서 하룻밤 묵은 이야기를 하며 다시 물었다.

"이곳에 살던 그 가족에게 그 후 무슨 일이 일어났나요?"

남자는 제자를 하룻밤 묵고 가라며 집 안으로 초대해 음식을 대접했다. 식사를 마치기를 기다렸다가 그는 자기 가족의 운명이 어떻게 바뀌었는지 설명했다.

"우리에게는 여윈 암소 한 마리가 있었습니다. 그 암소에 의지해 겨우 굶지 않을 만큼 살아가고 있었죠. 그것말고는 다른 생계 수단이 없었습니다. 그런데 어느 날 암소가 집 뒤 절벽에서 떨어져 죽고 말았습니다. 우리는 살아남기 위해 무엇이든 해야만 했고, 새로운 기술들을 배워야만 했습니다. 버려진 밭에 약초를 심고 묘목들도 키웠습니다. 다른 길을 찾지 않으면 안 되었습니다.

그 사건은 우리에게 최고의 행운이었습니다. 그래서 지금 이렇게 훨씬 의미 있게 살게 되었습니다."

남자의 얘기를 듣고 제자는 가만히 눈을 감았다. 스승은 알고 있었던 것이다. 구차하게 의존하는 것, 시도와 모험을 가로막는 것을 제거해야만 낡은 삶을 뒤엎을 수 있다는 사실을.

안전하게 살아가려고 마음먹는 순간 삶은 우리를 절벽으로 밀어뜨린다. 파도가 후려친다면, 그것은 새로운 삶을 살 때가 되었다는 메시지이다. 어떤 상실과 잃음도 괜히 온 게 아니다. '신은 구불구불한 글씨로 똑바르게 메시지를 적는다.'라는 말이 있지 않은가.

나는 지금 절벽으로 밀어뜨려야 할 어떤 암소를 가지고 있는가? 그 암소의 이름은 무엇인가? 내 삶이 의존하고 있는 안락하고 익숙한 것, 그래서 더 나아가지 못하게 나를 붙잡는 것은? 질문은 그 자체로 삶의 기술이 될 수 있다. 스스로 그 암소와 작별해야 한다. 삶이 더 넓어지고 더 자유로울 수 있도록.

영적 교사 페마 초드론은 말한다.

"안전하고 확실한 것에만 투자하는 데 관심이 있다면 당신은 행성을 잘못 선택한 것이다."

살아 있는 것은 아프다

당신이 만나는 모든 사람은 당신이 알지 못하는 상처를 가지고 있다. 따라서 서로에게 친절해야 한다. 다른 사람을 함부로 판단해서는 안 된다. 누구나 저마다의 방식으로 삶을 여행하고 있기 때문이다.

우르두어를 사용하는 파키스탄과 인도 무슬림 문화권에서는 상대방에게 인사를 할 때 '캬 할 헤?'라고 묻는다. '너의 할이 어떠한가?'라는 뜻이다. 이때의 '할'은 흔히 '상태'를 의미하지만, 본래는 '현재 가슴의 상태'를 가리킨다. '지금 너의 가슴은 어떤 상태인가?'라고 안부를 묻는 것이다. 얼마나 많이 벌고, 얼마나 일이 많고, 얼마나 넉넉한가를 묻는 것이 아니라 한 인간 존재가 다른 인간 존재에게 '지금 너의 가슴에 기쁨이 있는가? 너의 영혼에 생기가 있는가?' 하는 물음이다.

북인도 바라나시의 뒷골목에 내가 종종 가는 찻집이 있다. 작고 허름하지만, 짜이 맛이 좋아서 현지인뿐 아니라 외국 여행자들도 북적인다. 두 살 터울의 형제가 운영하는데, 그림 실력이 뛰어난 동생은 화가가 되는 것이 꿈이다.

  어느 날 아침, 찻집 안쪽 나무 걸상에 앉아 지역 신문에 난 음악회 일정을 살펴보고 있는데 한 인도인 남자가 가게 앞에 나타났다. 얼핏 보기에도 짜이를 마시러 온 것은 아닌 듯했다. 허름한 차림의 남자는 턱이 진 입구로 올라올 생각도 하지 않고 그냥 길에 서서 찻집 안을 올려다볼 뿐이었다. 구걸을 하러 온 것도 아닌 듯했다.

  찻집 앞 골목은 폭이 일 미터 정도밖에 안 되기 때문에 사람들과 오토바이와 소들이 지나갈 때마다 남자가 걸리적거렸다. 그래도 아랑곳하지 않고 남자는 그 자리에 서서 찻집 안을 응시했다. 다들 그를 정신이상자쯤으로 여기는 분위기였다. 아침마다 그 찻집에 들르는 웬만한 사람들을 알고 있는 나로서도 처음 보는 얼굴이었다.

  그렇게 남자는 일주일이 넘도록 매일 8시 무렵 찻집 앞에 나타나 등굣길의 아이들, 갠지스강으로 향하는 순례자들, 가게 문 열러 가는 배 나온 남자, 채소 시장 가는 뚱뚱한 여인에게 이리저리 부딪치면서 우두커니 찻집 안을 바라보았다. 배고픈 표정 같기도 하고, 초점이 없지만 뭔가 갈구하는 눈동자였다.

마침내 내가 신문을 접고 남자에게 다가가 "캬 할 헤!" 하고 인사를 하자 그도 "캬 할 헤!" 하고 반응을 보였다. 내가 힌디어로 이름을 물으며 어디서 왔느냐고 물으니까 뜻밖에도 그는 영어로 대답을 했다. 어느 정도는 학교 교육을 받은 사람이었다. 동네 주민이 아니라 도시의 다른 지역에서 흘러온 사람이었다.

나는 그에게 짜이 한 잔을 건네며 날마다 그곳에 오는 이유를 물었다. 뜨거운 유리잔을 때 묻은 손으로 감싸고서 남자는 턱으로 찻집 안을 가리켜 보였다. 처음에는 그가 무엇을 가리키는지 가늠할 수 없었다. 내가 어리둥절해 하자 그는 손가락으로 찻집 안 맞은편 벽을 가리켰다. 그제야 나는 그곳에 걸린 그림을 보게 되었다.

작은 액자에 담긴 그림이었다. 여러 번 그곳을 들른 나도 눈여겨본 적 없는, 찻집 주인의 동생이 그린 평범한 작품이었다. 가느다란 선에 옅은 푸른색과 갈색 물감을 번지도록 칠한 그림 속에서 사리를 입은 여인이 두 팔로 갓난아이를 공중에 들어 올리며 사랑 가득한 눈으로 바라보고 있었다. 그림을 응시하는 남자의 눈에 물기가 어려 있었다. 초점 없는 눈처럼 보였던 것은 그 물기 때문이었다.

짜이를 마실 생각도 하지 않고 남자는 자신에게도 그림 속 여인 같은 아내와 아이가 있었다고 중얼거리듯 말했다. 그가 과거형으로 말하는 데는 이유가 있었다. 아내와 아이가 일 년 전 자동차 사고로 죽은 것이다. 충격을 받은 그는 떠돌며 살아갔고, 그러다가 우연히 찻집에 걸린 그 그림을 발견하고는 날마다 그곳에 와서 몇 시간이고 물기 맺힌 눈으로 바라보게 된 것이다. 자신의 아내가 아이를 공중으로 들어올리며 행복하게 쳐다보는 모습을……

살아 있는 것은 아프다. 고통은 한계를 넘을 때 스스로 치유제가 된다고 하는데, 그 한계는 어디까지일까? 어쩌면 우리는 신의 존재를 믿는 것이 아니라 다만 신에게 의지하고 있는 것인지도 모른다.

이듬해 다시 갔을 때는 며칠을 기다려도 남자의 모습이 보이지 않았다. 찻집 형제와 단골손님들에게 물어도 행방을 모른다는 대답뿐이었다. 그 그림만 변함없이 벽에 걸려 있었다.

내 인도인 친구 산자이가 즐겨 부르는 영화 주제곡에 이런 가사가 있다.

"두니아 메 키트나 감 헤. 메라 감 키트나 캄 헤."

'세상에 슬픔은 얼마나 많은가. 내 슬픔은 얼마나 작은가.'라는 뜻이다. 다른 사람들의 슬픔을 알고 나면 나의 슬픔이 작게 느껴진다. 그리스 신화에 나오는 곡식의 여신 데메테르는 딸 페르세포네가 지하의 신에게 납치당하자 상심한 나머지 곡물을 자라게 하는 임무를 더 이상 수행하지 않고 울기만 한다. 그래서 온 대지에 기근이 퍼진다. 인도 신화의 라마 신도 아내와 헤어지자 견디지 못하고 오열한다. 이 세상 누구도, 신들조차 슬픔과 고난으로부터 자유롭지 않음을 알 때 우리는 자신의 행복과 불행에 크게 동요되지 않을 수 있다. 그렇지 않으면 태풍이 멈췄는데도 계속 흔들리는 나무처럼 된다.

속속들이 알기 전에는 모두가 평화로워 보인다. 수피즘(이슬람 신비주의)의 우화가 있다. 한 남자가 매일 밤 신에게 기도했다.

"저의 부탁을 한 가지만 들어주세요. 저보다 불행한 사람은 이 세상에 없습니다. 누구의 삶도 저보다 나을 거예요. 저는 축복을 바라지 않습니다. 단 한 번만이라도 저의 인생을 다른 사람의 인생과 바꿀 기회를 주세요. 이것이 지나친 부탁인가요?"

남자가 밤마다 큰소리로 외쳤기 때문에 신은 평화로울 수가 없었다. 마침내 하늘에서 큰 음성이 모든 사람에게 말했다.

"그대들 각자가 겪은 불행한 일들을 보자기에 싸서 사원 마당으로 가지고 오라."

잠이 깬 사람들은 자신의 불행한 일들을 보자기에 싸기 시작했다. 남자는 매우 기뻤다.

'이제 드디어 다른 삶을 선택할 기회가 왔군!'

그는 자신의 보자기를 들고 서둘러 사원으로 향했다. 다른 사람들도 보자기를 들고 달려가고 있었다. 사원이 가까워질수록 남자는 겁이 났다. 사람들이 그의 것보다 더 큰 보자기를 들고 있었기 때문이다. 언제나 웃던 사람들, 좋은 옷을 입고 항상 밝은 얘기만 하던 사람들이 더 큰 보자기를 어깨에 지고 가고 있었다.

남자는 망설였지만 평생 기도했기 때문에 사원 안으로 들어갔다. 그때 하늘의 음성이 말했다.

"그대들의 보자기를 모두 펼쳐 놓으라."

모두가 보자기를 펼쳐 놓자 그 음성이 다시 말했다.

"이제 서로의 내용물들을 살펴보고 각자 원하는 보자기를 선택하라."

다른 사람의 불행한 일들을 알게 되자 놀라운 일이 일어났다. 모두가 자신의 보자기를 향해 달려간 것이다. 이 남자 역시 다른 누군가가 자신의 불행을 고를까 봐 서둘러 자신의 보자기를 향해 뛰어갔다. 다른 사람의 삶에 어떤 큰 고통이 있는지 알 수 없으며, 적어도 자신의 불행에는 익숙해져 있었기 때문이다. 그 후 남자는 불평하는 기도를 멈췄다.

좋은지 나쁜지 누가 아는가? 삶의 여정에서 막힌 길은 하나의 계시이다. 만약 우리가 전체 이야기를 안다면, 지금의 막힌 길이 언젠가는 선물이 되어 돌아오리라는 것을 알게 될까? 길이 막히는 것은 내면에서 그 길을

2

진정으로 원하지 않았기 때문인지도 모른다. 삶이 때로 우리의 계획과는
다른 길로 우리를 데려가는 것처럼 보이지만, 그 길이 우리 가슴이 원하는
길이다. 머리로는 이 방식을 이해할 수 없으나 가슴은 안다.

좋은지 나쁜지 누가 아는가

　대학 졸업을 앞두고 장차 무엇을 할까 고민하던 중에 친구가 모 언론사의 입사 지원서를 구해 왔다. 그는 함께 지원하자며 내게도 한 장 내밀었다. 잘하면 외국 특파원으로 나갈 수도 있다는 친구의 말이 결정적이었다. 우리는 운이 좋으면 히말라야로 취재를 떠나 성자나 외계인과 인터뷰하는 특종을 터뜨릴 수 있을지 모른다고 농담을 하며 열심히 지원서를 작성했다. 그런 우스갯소리를 한 것은 미래에 대한 불안감을 잊기 위한 나름대로의 전략이었다.

　필기시험은 열흘 뒤였다. 지금도 서울 북악터널 부근에 있는 국민대학교 앞을 지나갈 때면 그때의 일이 떠오른다. 시험장이 그곳이었다. 어떤 과목이든 자신 있다고 큰소리치면서 곰팡내 나는 월세방에서 밤새워 예상문제집을 풀었다. 드디어 시험일인 일요일, 설레는 가슴을 안고 아침 일찍 시험장에 도착했다. 그런데 학교가 이상하리만치 고요했다. 시험 장소를 가리키는 화살표 방향을 따라 강의실로 가니 텅 비어 있었다.

정문으로 다시 가서 물었더니 수위 아저씨가 이상한 눈으로 존 레논처럼 생긴 장발의 청년을 쳐다보며, 시험은 "오늘이 아니라 어제."였다고 했다. 날짜를 착각한 것이다! 망연자실 서 있다가 수위 아저씨의 눈초리가 하도 강렬해 학교 앞 골짜기에 있는 국밥집으로 가서 아침부터 혼자 술을 마셨다. 사회에 편입될 수 없는 천형을 받은 자신을 한탄하며.

인생이 첫 구간부터 막혔다는 불길한 생각을 지울 수 없었다. 그날 정릉에서 종로까지 비틀거리며 걸어와 조계사 법당에서 여자인지 남자인지 모르게 긴 머리로 가리고서 부처님께 절하는 척 엎드려 잠이 들며 나는 생각했다. 이것은 다른 인생을 살라는 하나의 계시라고. 세상 속에서 살되 세상에 소속되지는 말자고. 그렇게 시험 날짜를 착각해 외계인과의 인터뷰는 물거품이 되었지만 훗날 히말라야 여행은 농담처럼 현실이 되었다.

만약 우리가 전체 그림을 볼 수 있다면, 전체 이야기를 안다면, 지금의 막힌 길이 언젠가는 선물이 되어 돌아오리라는 것을 알게 될까? 그것이 삶의 비밀이라는 것을. 우리의 가슴을 뛰게 하는 것은 지나간 길이 아니라 지금 다가오는 길이다.

한 남자가 큰 회사의 사환office boy직에 지원했다. 면접관이 그에게 사무실 바닥을 청소해 보라고 했다. 그의 청소하는 태도를 만족스럽게 지켜본 면접관이 말했다.

"당신을 채용하겠소. 고용계약서와 근무 조건 등 세부 사항을 보내 줄 테니 당신의 이메일 주소를 주시오."

남자가 말했다.

"저는 컴퓨터도 없고 이메일도 없습니다."

그러자 면접관이 말했다.

"이메일이 없다면 당신은 존재하지 않는 것이나 마찬가지요. 미안하지만 우리 회사는 존재하지 않는 사람을 고용할 순 없소."

남자는 희망을 잃고 그곳을 떠났다. 무엇을 해야 할지 알 수 없었다. 주머니에는 단돈 10달러가 전부였다. 고민하던 그는 과일 도매상에 가서 10달러짜리 토마토 한 상자를 샀다. 그리고 집집마다 다니며 그 토마토를 팔았다. 두 시간도 안 돼 그는 전 재산을 두 배로 만드는 데 성공했다. 같은 날 그 일을 세 차례 반복한 결과 80달러를 주머니에 넣고 집에 돌아갈 수 있었다.

이런 식으로 살아갈 수 있다는 것을 깨달은 남자는 아침 일찍부터 밤늦게까지 날마다 토마토를 팔았다. 매일 그의 재산은 두 배 혹은 세 배 늘었다. 얼마 후에는 수레를 사고, 또 얼마 후에는 트럭을 샀다. 곧이어 여러 대의 배달 트럭을 구입했다. 5년 후 이 남자는 매우 큰 규모의 식품 도매업체 사장이 되었다.

성공한 남자는 가족의 미래를 위해 보험을 들기로 결정했다. 상담을 마칠 무렵 보험사 직원이 그의 이메일 주소를 물었다. 그러자 남자는 대답했다.

"나는 이메일이 없소."

보험사 직원이 놀라며 말했다.

"이메일도 없는데 이렇게까지 성공하셨군요. 만약 이메일이 있었다면 지금쯤 무엇이 되어 있을지 상상이나 하시겠습니까?"

남자는 잠시 생각하더니 대답했다.

"아마도 사환으로 일하고 있겠지요."

좋은지 나쁜지 누가 아는가? 삶의 여정에서 막힌 길은 하나의 계시이다. 길이 막히는 것은 내면에서 그 길을 진정으로 원하지 않았기 때문인지도 모른다. 우리의 존재는 그런 식으로 자신을 드러내곤 한다. 삶이 때로 우리의 계획과는 다른 길로 우리를 데려가는 것처럼 보이지만, 그 길이 우리 가슴이 원하는 길이다. 파도는 그냥 치지 않는다. 어떤 파도는 축복이다. 머리로는 이 방식을 이해할 수 없으나 가슴은 안다.

왜 이것밖에

한 여행자가 북아프리카 알제리 사막을 여행하다가 길을 잃었다. 그는 방향을 알 수 없는 상태에서 필사적으로 물과 음식을 찾아다녔다. 뜨거운 태양 아래서 며칠 동안 헤맨 끝에 멀리서 천막 하나를 발견했다. 지친 다리를 이끌고 간신히 천막 앞에 도착한 그는 죽어 가는 목소리로 간청했다.

"물과 먹을 것을 좀 주세요."

천막 안에서 전통적인 복장과 두건을 한 베두인족 양치기가 나타났다. 양치기는 동정심을 나타내며 말했다.

"미안하지만, 나는 당신에게 물과 음식을 줄 수가 없소. 다만 선물로 넥타이 하나를 주겠소."

여행자는 숨을 헐떡이며 실망에 차서 중얼거렸다.

"난 지금 물 한 모금과 먹을 것이 절실히 필요한데 당신은 이

사막에서 내게 넥타이를 주겠다고요?"

양치기는 공손하게 말했다.

"그것이 내가 당신에게 줄 수 있는 전부입니다. 나는 물과 음식을 가지고 있지 않지만, 당신의 문제를 해결할 장소를 알고 있습니다. 여기서 2킬로미터만 가면 됩니다. 그곳에서 마실 것과 먹을 것을 구하려면 이 넥타이가 필요합니다."

여행자가 화가 나서 목소리를 높였다.

"지금 나를 놀리는 거요? 갈증과 허기로 죽기 직전인 사람한테 넥타이를 주다니 말이 되는 일이오?"

여행자는 넥타이를 바닥에 집어던지고 마지막 죽을힘을 다해 2킬로미터 떨어진 다른 천막을 향해 기어갔다. 그리고 천막 문을 흔들며 간절히 말했다.

"마실 물과 음식 좀 부탁합니다."

그러자 또 다른 베두인족 양치기가 천막 안에서 모습을 나타냈다. 뜻밖에도 토착민답지 않게 서양식 정장 차림이었다. 검은색 양복에 빳빳한 흰색 셔츠, 그리고 검은색 나비넥타이를 맨 그가 말했다.

"넥타이를 매지 않으면 들어올 수 없습니다."

여행자가 애원했다.

"난 지금 목이 마르고 배가 고파 금방이라도 죽을 지경입니다."

천막 주인이 단호하게 말했다.

"넥타이를 매지 않으면 불가능합니다. 그것이 내가 정한 이곳의 규칙입니다. 실제로 나는 2킬로미터 사방에 있는 양치기들에게 물과 음식이 필요한 길 잃은 사람이 나타나면 넥타이를 주라고 지시해 놓았습니다. 만약 당신이 그 넥타이를 받았다면 안으로 들어올 수 있었을 겁니다. 그것이 내 천막 안으로 초대되어 물과 음식을 제공받기 위한 조건입니다."

우리는 곧바로 자신이 원하는 목적지에 도착하기를 원한다. 하지만 과정을 거치지 않는다면 어떻게 길 끝의 아름다움에 도달할 수 있겠는가? 모든 작가들이 진정한 작가가 되기 전에 미완의 작품을 수없이 완성해야 하고, 모든 새가 우아하게 활공할 수 있기 전에 어설픈 날개를 파닥여야 하듯이.

이십 대 초반에 나는 부산에서 잠시 지낸 적이 있는데, 용두산 공원이나 부산진역 앞에서 거의 노숙을 했다. 배가 고파 아르바이트할 곳을 찾던 중 전봇대에 붙은 광고지를 보고 찾아간 곳이 나프탈렌 파는 업체였다. 가방에 좀약을 한가득 넣고 집집마다 다니며 초인종을 누르는 행상이었다.

문제는 지독한 냄새였다. 어렸을 때부터 후각신경이 지나치게 예민해 생멸치 냄새만 맡고도 경기를 일으킨 적 있는 나에게 좀약 냄새는 좀벌레를 퇴치하기 전에 내 영혼을 먼저 혼절시키기에 부족함이 없었다. 결국 몇 봉지 팔지도 못하고 그만둬야 했다. 지금도 옷장 안에서 좀약 냄새를 맡으면 그때의 일이 생각나고, 냄새에 절어 비틀거리던 골목들이 떠오른다.

그다음에 얻은 아르바이트는 남포동 번화가 한복판에서 고깔모자를 쓰고 떠먹는 아이스크림을 파는 일이었다. 알록달록한 모자를 쓴 장발의 문학청년을 상상해 보라. 부산 출신의 아는 시인이 지나가다가 나를 알아보았을 때의 기분을.

당시 내가 누린 특권은 부산진역에서 불심검문하던 경찰이 자신의 학교 후배인 나를 알아보고 역 앞 작은 화단의 잔디밭에서 잠을 잘 수 있게 배려해 준 것, 그리고 글을 쓸 수 있도록 다른 부랑아들이 접근하지 못하게 막아 준 것이었다. 그러나 잡초 사이로 슬금슬금 기어오는 쥐 형상의 절망을 막아 주지는 못했다. 신은 대체 누구이길래 나에게 이토록 지독하게 구는 것일까? 이것은 마법의 책 몇 페이지에 해당하는 것일까? 혹시 나머지 페이지가 찢겨져 나간 것은 아닐까?

페르시아의 시인 잘랄루딘 루미는 썼다.

이 문제 많은 세상을
인내심을 가지고 걸으라.
중요한 보물을 발견하게 되리니.
그대의 집이 작아도, 그 안을 들여다보라.
보이지 않는 세계의 비밀들을 찾게 되리니.
나는 물었다.

'왜 나에게 이것밖에 주지 않는 거죠?'

한 목소리가 대답했다.

'이것만이 너를 저것으로 인도할 것이기 때문이다.'

우리는 신에게, 삶에게 묻곤 한다. '왜 나에게는 이것밖에 주지 않는 거지?' 그러나 보이지 않는 목소리가 답한다. '이것만이 너를 네가 원하는 것에게로 인도할 것이기 때문이다.' 그 속삭임을 듣지 못할 때 우리는 세상과의 내적인 논쟁에 시간을 허비한다. 다른 사람들이 당신의 여행을 이해하지 못하는 것은 당연한 일이지만, 스스로가 자신의 여행을 이해하지 못하는 것은 불행한 일이다. 자신이 결코 팔을 갖지 못하리라는 사실을 받아들이는 순간 새의 몸에서 날개가 돋아나기 시작했다고 한다.

어느 비 오는 날, 로스앤젤레스에 사는 한 청년이 히치하이크를 해서 샌프란시스코에 가기를 원했다. 비를 맞으며 몇 시간을 기다려도 다른 도시로 가는 차들만 지나갈 뿐이었다. 마침내 청년은 신에게 기도했다.

"하느님, 제발 샌프란시스코에 갈 수 있게 도와주세요!"

간절한 기도를 들은 신은 근처를 지나는 차 한 대를 서둘러 청년 쪽으로 보냈다. 샌프란시스코 인근의 몬터레이시까지 가는 차였다. 청년이 샌프란시스코에 간다는 말을 들은 운전자가 마침 잘되었다면서 몬터레이까지 태워다 주겠다고 하자 청년은 거절했다. 자신의 목적지는 샌프란시스코이지 도중의 몬터레이가 아니라는 것이었다. 몬터레이에서 샌프란시스코가 멀지 않으니 그곳에서 다른 차를 얻어 타면 된다고 설명해도 청년은 고개를 저었다. 운전자는 하는 수 없이 그를 빗속에 남겨 두고 떠날 수밖에 없었다. 신도 어찌할 수 없는 일이었다.

마법을 일으키는 비결

'작가writer는 글을 쓰는 사람이며, 기다리는 사람은 웨이터 waiter이다.'라는 말은 나에게 해당하는 말이다. 이상적인 집필 환경을 기다리는 작가는 한 문장도 쓰지 못한 채 인생을 마친다는 말도.

한때는 주로 밤에 글을 썼지만 새벽에 글을 쓴 지 오래되었다. 오전 5시 반에 일어나 20분 명상을 하고 오후 3시까지 글을 쓰고 번역을 한다. 나는 타고난 재능을 가진 작가나 번역가가 전혀 아니기 때문에 매일 노력하지 않으면 안 된다. 첫 문장이 마음에 들지 않거나 한 단락도 끝내지 못하고 오전을 다 보낼 때도 있다. 여행 산문가 피코 아이어가 말한 대로, 글을 쓴다는 것은 모르는 사람에게 은밀한 편지를 쓰는 것과 같다.

여행 중에도 거의 예외가 없다. 새벽 기차 안에서 글을 쓴 적도 많다. 여명이 터 오는 갠지스강 계단에 앉아서도 쓰고, 히말라야 고개를 넘는 트럭 조수석에서도 계속 중얼거리며 써서 운전사를 겁먹게 만들었다. 영감이 떠오르기를 기다렸다면 한 편의 글도 완성할 수 없었을 것이다. 나에게 영감은 그저 매일 계속 쓰는 것이다. 멋진 소재가 그냥 굴러들어오는 행운은 매번 나를 비켜 간다. 집필의 신이 내 집필실에는 안 오고 다른 작가들의 집필실만 편애한다는 생각을 지울 수 없다. 다음 문장이 떠오르지 않아 쥐어뜯은 머리카락을 다 모으면 지금보다 훨씬 멋진 장발이 되었을 것이다.

마라톤 선수가 달리기가 쉬워서 달리는 게 아니듯 글쓰기가 쉽다면 나는 글을 쓰지 않았을지도 모른다. 인생의 모순이다. 글쓰기가 너무 어려워서 계속 쓰고 있는 것이다. 그만두면 되지 않느냐고 말할지 모르지만, 글을 쓰지 않으면 다른 무엇을 할 수 있겠는가? 상상력이 완전히 고갈되지 않는 한 내가 무턱대고 할 수 있는 일이 글 쓰는 일인데.

글을 잘 쓰는 비결을 묻자 『톰소여의 모험』, 『허클베리 핀의 모험』의 작가 마크 트웨인은 말했다.

"나 자신이 글 쓰는 데 소질이 없음을 발견하는 데 15년이 걸렸다. 하지만 글쓰기를 포기할 수 없었다. 계속 써야만 했다. 왜냐하면 그때 이미 나는 유명 작가가 되어 있었으니까."

무라카미 하루키는 "나는 아무리 퇴고를 많이 해도 목적지에

도달하지 못한다. 수십 년 동안 글을 썼는데도 여전히 그렇다."라고 고백했다.

나는 지금 단순히 '노력'에 대해 말하고자 하는 것은 아니다. 오히려 '소명'을 주제로 이 글을 쓰려고 노력하고 있는 중이다. 자신의 가슴이 원하는 일을 하는 소명 말이다. 하지만 취미 생활이 아니라면 무슨 일이든 수도사가 되는 일만큼이나 어렵다. 글쓰기 역시 그저 상상의 산물이 아니라 밑바닥에 있는 진실성에 다가가 자신의 것을 건져 올리는 시도여야 하기 때문이다.

인도의 피리 연주자 하리프라사드 초우라시아는 40대에 이미 살아 있는 전설로 불리기 시작했다. 80세인 지금도 그의 연주를 능가할 자가 없다. 나는 20년 가까이 해마다 그의 연주를 들으러 다녔다. 한번은 델리의 신년 음악회에서 만나 "하리지, 이제 한국에 오실 때입니다."라고 요청하자 그는 흔쾌히 수락했다. 그래서 그해 10월 서울과 부산에서 연주회를 가졌다.

한국에 머무는 동안 아침마다 그의 호텔 방에 들렀는데, 그는 매번 연습을 하고 있었다. 평생 피리 연주를 해 왔으며, 예술가로서의 공로를 인정받아 인도 정부가 외교관 여권을 발급하고 프랑스 정부로부터 문화훈장까지 수여받은 대가가 뭄바이에서 델리로, 다시 델리에서 서울로 긴 시간 비행기를 타고 왔음에도 불구하고 다음 날 단 40분의 연주를 위해 계속해서 연습을 하고 있었다. 쉬라고 해도 듣지 않았다.

지난 2월 동인도 카락푸르에 있는 인도공과대학에서 특별 연주회가 있어서 그와 동행했다. 아침 일찍 콜카타를 출발해 점심 시간이 지나 도착했는데, 그는 점심을 먹는 둥 마는 둥하고 저녁 공연을 위해 곧바로 방에서 연습을 시작했다. 바로 전날 밤 콜카타에서 연주회를 가졌는데도!

연주를 마치고 질의응답 시간에 그 학교에서 요가와 명상을 가르치는 교수가 질문했다.

"당신은 평생 동안 음악을 해 왔는데, 이 삶을 통해 무엇을 배웠는가?"

하리지는 말했다.

"나는 이 인생을 통해 분투노력하는 것을 배웠다. 어렸을 때 일찍 어머니를 잃어 한 조각의 차파티(통밀 가루를 반죽해 얇고 둥글게 구운 인도의 주식)를 얻는 데도 분투노력해야만 했다. 늦게 음악을 시작했을 때는 스승이 원래 레슬링 선수였던 나의 의지를 시험하기 위해 남들처럼 오른쪽이 아니라 왼쪽으로 피리를 불라고 가르쳤다. 그것에 적응하기 위해 끝없이 분투노력했다. 나는 타고난 음악가가 아니기 때문에 그렇게 하지 않으면 안 된다. 내 몸을 보라. 몇 년 전 교통사고로 어깨를 다쳐 한쪽 팔을 쓰는 것이 힘들다. 따라서 지금도 무한 노력하지 않으면 피리를 불 수 없다. 이곳에 함께 온 한국인 친구는 나더러 이제 그만 쉬라고 하지만 나는 숨이 멎을 때까지 피리를 불기 위해 노력할 것이다. 그것이 삶이 내게 준 소명이다."

학생들이 일제히 일어나 기립박수를 쳤다. 아마도 그 명상 교수는 '마음의 평화' 같은 초월적인 대답을 기대했는지 모르겠다. 하지만 대가의 솔직하고 위선적이지 않은 답변, 삶에 대한 진실성에 청중은 갈채를 아끼지 않았다.

앞에서 밝혔듯이 나는 타고난 작가와는 거리가 멀기 때문에 애초에 이 글에 담으려고 마음먹었던 주제를 제대로 전달했는지 모르겠다. 하지만 그렇게 하려고 나름 분투노력했다. 누군가가 말했듯이 진짜 작가는 그저 계속 글을 쓰는 사람이다. 이 삶에서 진실로 하고 싶은 일이 있다는 것은 축복이다. 그것이 무엇이든 그것으로 자신의 삶을 축복할 수 있으므로. 당신과 나, 우리는 어차피 천재가 아니다. 따라서 하고 또 하고 끝까지 해서 마법을 일으키는 수밖에 없다.

나의 힌디어 수업

인도를 여행하며 자연히 힌디어를 배우게 되었다. 기본적인 인사말과 흥정에 필요한 몇 문장은 알지만 본격적으로 배우고 싶었다(참고로, 힌디어는 우리말과 어순이 비슷하다). 힌디어 교사로는 더 따져 볼 필요도 없이 나의 절친 수닐이 적임자였다. 그는 기원전 3천 년 경부터 반경 10킬로미터 범위 안에 있는 모든 것에 대해 해박한 지식을 자랑했다. 노천 찻집에 앉아 있는데 마침 수닐이 으스대며 걸어왔다.

"수닐, 압 케세 헤? 틱 헤?('수닐, 잘 지내? 안녕하지?' 그다음은 영어로) 힌디어를 배우고 싶은데 네가 가르쳐 주면 좋겠어."

수닐이 말했다.

"넌 이미 '좋다(틱 헤)'와 '좋지 않다(틱 나히 헤)'를 알고 있잖아. 그런데 뭘 더 알아야 해? 그 두 마디로도 충분해."

"그러지 말고 제대로 가르쳐 줘. 진지하게 부탁하는 거야."

그래서 수닐이 빼기며 가르쳐 준 첫 번째 문장은 이것이다. 많은 시간이 지났지만 잊히지 않는 문장이다.

'아즈 함 바훗 쿠시 헤!'

'나는(혹은 우리는) 오늘 무척 행복하다!'라는 뜻이다. 수닐이 하루에 한 문장씩만 가르쳐 주기로 일방적으로 정했기 때문에, 그리고 그날 이후 며칠 동안 그가 반경 10킬로미터 안의 어딘가로 종적을 감췄기 때문에 나는 수없이 그 문장을 소리 내어 반복해야 했다. 아즈 함 바훗 쿠시 헤, 아즈 함 바훗 쿠시 헤……. 나는 오늘 무척 행복하다…….

그 문장은 뜻밖의 위력이 있었다. 골목길에서 소똥을 밟았든, 식당에서 수상쩍은 음식을 앞에 놓고 있든, 인상 좋은 과일 장수에게 바가지를 썼든 "아즈 함 바훗 쿠시 헤."라고 말하는 순간 마음 안에 행복 마살라가 뿌려졌다. 내 안에 사랑받지 못하고 행복하지 못한 부분이 있을지라도 그 말을 외치는 순간 그것은 일종의 자기 선언이 되었다.

어떤 상황에서도 그렇게 말하는 나를 현지인들은 머리가 이상한 사람으로 여겼지만, 시도 때도 없이 나를 따라다니며 환전상이나 기념품 가게로 유인하려는 남자를 물리치는 데는 그만이었다. 볼 때마다 내가 일부러 눈을 이상하게 뜨고 "오늘 난 무척 행복해!" 하고 외치자 그는 놀라 옆걸음쳤다. 그렇게 '아즈 함 바훗 쿠시 헤.'는 내 힌디어 공부에 전환점이 되었다.

며칠 후 하늘에서 떨어진 듯 수닐이 갑자기 노천 찻집에 나타나 앞뒤 인사도 없이 가르쳐 준 두 번째 문장은 이것이다.

'순다르 하와 찰 라히 헤(아름다운 바람이 불어오네).'

즉흥적으로 생각해 낸 문장인지, 아니면 수닐의 억지 주장대로 며칠 동안 갈고 다듬은 것인지 알 순 없었지만 마침 갠지스강 쪽에서 산들바람이 불어오고 있었다. 그리고 내가 '순다르 하와(아름다운 바람)'가 불어온다고 말하는 순간, 정말로 바람이 아름답게 느껴졌다. 인식의 커다란 전환이었다. '아름다운 바람'이라니…….
전에는 한 번도 생각하지 못한 감정이었다. 메마른 가슴에서 메마른 가슴으로 비를 머금은 바람이 물결쳐 가는 것이 느껴지는 듯했다.

바람이 불든 불지 않든 나는 그 문장을 계속 말하고 다녔다. 순다르 하와 찰 라히 헤……. 순다르 하와……. 아름다운 바람이 불어오네……. 그때마다 사람들은 어디서 바람이 부나 하고 고개를 들었고, 나는 더욱 신이 나서 '아름다운 바람'을 외우고 다녔다. 그 짧은 문장이 내 여행을 바꿔 놓았다. 나는 '순다르'라는 단어를 모든 사물에 적용해 나갔다.

'순다르 페르 나츠 라하 헤(아름다운 나무가 춤을 추네).'

'순다르 두칸 쿨 라히 헤(아름다운 가게가 문을 여네).'

'순다르 팔왈라 꼬 순다르 팔 바훗 헤(아름다운 과일 장수에게 아

름다운 과일이 많네).'

'순다르 수닐 아 라하 혜(아름다운 수닐이 걸어오고 있네).'

'순다르 서머여 바흐 라하 혜(아름다운 시간이 흘러가고 있네).'

그 문장들과 함께 모든 나무와, 상점과, 잘생겼다고 하기는 어려운 수닐과, 저울 눈금 속이는 과일 장수와 내 여행의 시간이 아름답게 다가왔다.

또한 '순다르'라는 새로운 단어를 알고 나자 사람들의 일상 대화에서 그 단어가 자주 귀에 들렸다. 없었던 단어가 새롭게 존재하게 된 것이 아니었다. 늘 거기에 있었지만 내가 듣지 못했을 뿐이다. 그런 의미에서 나는 많은 부분 '문맹'에 가까웠다. 모국어와 함께 성장하고 그 언어로 말하고 생각하면서 슬프게도 많은 의미가 상투화된 것이다. 어떤 부분이 상투화된다는 것은 그것의 소중함을 잃어버린다는 뜻이다.

심리학에서는 사람의 의식과 무의식이 그가 사용하는 언어를 결정하며 사물을 보는 시각을 지배한다고 말한다. 예를 들어 무의식이 많이 억압되어 있거나 어둡다면 부정적인 언어를 주로 사용할 것이다. 무의식 속에 슬픔과 분노가 있다면 당신은 세상에 그 감정을 투영할 것이다.

그러나 힌디어를 배우면서, 서툰 발음이지만 새로운 단어들을 소리 내어 말하면서, 나는 사용하는 언어가 거꾸로 생각과 감정을 결정하고 세상을 보는 시각을 바꾸는 것을 경험했다. 내 혀와

발성기관이 낯선 문장과 단어들에 익숙해 가는 동안 세상에 대한 이해와 인식이 넓어지는 것을.

'아즈 나야 딘 헤(오늘은 새로운 날이네).'

'나이 쿠시 아 라히 헤(새로운 행복이 다가오네).'

'메레 딜 메 바훗 나이 아샤 헤(내 가슴에 새 희망이 가득하네).'

'아즈 수닐 나야 딕타 헤(오늘은 수닐이 새롭게 보이네).'

언어가 의식을 바꾸는 것을 상상할 수 있겠는가? 그리고 그것이 모국어에서도 가능하다는 것을? 세상은 우리가 그것을 인식하는 대로 존재한다. 무엇을 보는가가 아니라 어떻게 보는가, 무엇을 듣는가가 아니라 어떻게 듣는가, 무엇을 느끼는가가 아니라 어떻게 느끼는가가 우리의 삶을 만들어 나간다.

헤어지기 전에 수닐이 내게 가르쳐 준 힌디어 문장은 이것이다.

'무제 수닐 바훗 파산드 헤(나는 수닐을 무척 좋아한다).'

미워할 수 없는 나의 제자

명상을 배우고 싶다며 제자로 받아들여 달라는 요청을 종종 받는다. 하지만 이미 있는 제자 한 명도 제대로 가르치지 못하는 처지에 새 제자를 두는 것은 어불성설이다. 운명적으로 나와 인연이 맺어진 이 친구는 긴 세월 지도를 받았음에도 큰 진전이 없다. 생각의 뗏목을 타고 마음의 바닷속에 잠겼다 떠오르기를 반복한다. 파도의 물마루에 올랐는가 싶으면 금방 다시 빠져 허우적댄다. 인생의 대양을 어떻게 건널지 못내 걱정이다.

내가 여비를 대 인도와 네팔 히말라야에도 동행시키고 여러 명상 센터와 스승들 앞에도 데려갔지만 무엇을 깨달았는지 감을 잡을 수 없다. 자신이 아는 세상 너머에 어떤 신비가 있는지 알고 싶어 하나 타고난 능력에 한계가 있어 보인다. 나처럼 영적인 자에게 어떻게 이런 제자가 들어왔는지 무슨 업보가 아닌가 싶을 정도이다.

무엇보다 감정 조절에 서툴다. 자신이 감정을 처리하는 것이 아니라 감정이 그를 처리한다. 생각의 주인이 아니라 생각이 그의 주인이 되어 꿈속에서조차 끌려다닌다. 의심하고 분석할 것이 너무 많아서 원하는 삶을 매번 뒤로 미룬다. 그럼에도 막상 계획대로 되지 않고 계산이 엉성하다. 생각의 과잉 때문에 중요한 것을 놓치는 데는 선수이다. 행복을 수놓기 위한 마음의 실과 바늘을 가지고 있음에도 그것으로 고통의 천을 짜는 기술만 뛰어나다. 자신이 바꿀 수 없는 일들을 평온하게 받아들이는 데 익숙하지 않다.

좋고 나쁨을 구분하는 데는 누구 못지않게 뛰어나다. 아름답고 추함, 옳고 그름, 호감과 비호감의 탁월한 분류 능력자이다. 노벨 분류상이 있다면 단연코 수상자가 될 것이다. 눈앞의 나무와 장미를 금방 구분하지만, 정작 그 나무와 장미를 몰입해서 보지는 않는다. 사람을 판단하는 데도 빠르다. 한눈에 남자와 여자, 좋은 사람과 나쁜 사람, 흥미 있는 사람과 지루한 사람 등으로 나눈다. 타인에 대해서는 행동을 기준으로 판단하고, 자신에 대해서는 의도를 기준으로 후하게 점수를 매긴다. 어떤 때는 한심해서 한 대 때려 주고 싶을 정도이다.

지금 이 순간으로부터 달아나는 것도 능력자 수준이다. 생각 속에서 길을 잃는 데 너무 익숙해져, 현재의 순간에서는 유령이 된다. 버스 안에 있지만 버스 안에 있지 않고, 바닷가를 거닐지만 바닷가에 있지 않다. 마치 망원경을 거꾸로 들고 세상을 보는 것과 같다.

무엇보다 이 친구의 가장 뛰어난 재능은 '자기 동일시'이다. 자신의 생각이나 감정과 동일시되는 데 단 1초도 걸리지 않는다. 사람들의 칭찬과 비난에도 쉽게 동일시되어 흔들린다. 그 어떤 것도 개인적인 일로 받아들이지 않을 때 자유가 온다는 것을 자각하지 못한다. 단순히 몸의 변화일 뿐인데도 모든 생로병사를 '내 것'으로 여긴다. 그래서 물 밖으로 내던져진 물고기가 마른 바닥에서 몸부림치듯 마음이 수시로 파닥거린다.

없는 문제를 만들거나, 좋은 기억을 잊고 나쁜 기억을 꿀주머니처럼 간직하는 데도 전문가이다. 외부의 '나쁜 날씨'를 안으로 끌어들여 '나쁜 날'을 만드는 것은 자기 자신이라는 사실을 망각하는 것이다. 또한 행복이 '불행 제로'인 상태라고 오해한다. 행복만 있고 불행이 없는 영역은 존재하지 않으며, 행복의 기술은 불행을 포용하는 데 있음을 받아들이지 않는다. 그래서 늘 행복 찾기에 실패한다.

'이 음식을 먹으면 행복할까?'

'이 물건을 소유하면, 이 차를 타면 행복할까?'

'이 사람이 나를 사랑하면 행복할까?'

'이 명상 수행이나 요가에 능통하면 행복할까?'

열심히 사다리를 오르지만 그 사다리가 잘못된 벽에 기대어져 있는 것을 지켜보고 있노라면 딱한 생각마저 든다.

하지만 이자에게도 희망은 있다. "나는 연약하고, 정말로 연약하고, 말할 수 없이 최고로 연약했다."라고 고백한 이가 바로 붓다이기 때문이다. 그 연약함 위에서 그의 위대한 영적 여행이 시작되고 완성되었다. 이 친구의 연약함 역시 무한한 가능성의 토대라는 것을 나는 믿어 의심치 않는다. 의지 약한 자신을 데리고 한 걸음씩 나아가는 것이 인생의 가장 고귀한 수행이기 때문이다. 이미 눈치챘겠지만, 나의 하나뿐인 이 애제자는 바로 나의 연약한 마음이다.

융의 돌집

칼 융은 47세에 스위스 취리히 호수 부근 볼링겐 마을의 작은 땅에 둥근 탑 형태의 돌집을 지었다. 자신을 후계자로 지명한 프로이트와 결별한 후(프로이트는 융에게 '우리의 사적인 관계를 모두 중단하자.'라는 편지를 보냈고, 융도 '더 이상 당신과 일하는 것이 불가능하게 되었다.'라고 답했다) 학문적으로나 정신적으로나 '방향 상실 상태'인 동시에 '완전히 허공에 떠 있던' 무렵이었다. 프로이트와 등을 돌리는 순간 심리학계에서 매장당하고, 친구들마저 융의 책을 쓰레기라고 대놓고 말했다. 그러나 융은 자신이 더 중요하다고 여기는 것을 따르기로 했다.

돌집은 융에게 새로운 인생의 출발이었다. 처음에는 단순한 형태였으나 평생에 걸쳐 조금씩 부속 건물을 보태 나갔다. 이 돌집은 곧 융에게 내면의 성소가 되었다. 그곳에서 누린 휴식과 재생은 강력했다. 일 년에 몇 달씩 그곳에서 지내며 돌에 글씨를 새기고 영적 깨달음의 상징인 만다라를 그리는 한편, 자신의 꿈을 분석하는 글을 쓰고 사상을 다듬었다. 생활은 원시에 가까울 만큼 문명을 배격했다. 마루도 카펫도 깔지 않고 울퉁불퉁한 돌바닥을 그대로 사용했다. 흙 가까이 살려고 노력하고, 직접 나무를 베고, 음식을 만들고, 감자를 캤다.

"나는 전기 없이 살면서 화덕에 불을 피우며 지냈다. 저녁에는 등잔을 켰다. 수도가 없어 우물에서 물을 긷고, 장작을 패 먹을 것을 조리했다. 이런 소박한 일은 인간을 소박하게 만든다. 하지만 단순하게 지내기란 얼마나 어려운 일인가."

융은 7시에 일어나 냄비와 프라이팬에게 인사를 건넸다. 아침 준비에 오랜 시간을 보냈으며, 식사는 커피와 소시지, 과일, 빵이었다. 오전 두 시간은 언제나 집필에 몰두했다. 그 후에는 그림을 그리거나 명상하고, 주변 언덕을 산책하고, 편지에 답장하면서 오후 시간을 보냈다. 그리고 밤 10시가 되면 잠자리에 들었다.

융에게 볼링겐의 돌집은 단지 일상으로부터 탈출하기 위한 휴식처가 아니라 연구에 더욱 몰입하게 해 준 공간이었다. 단순하기 이를 데 없는 이곳에서 융 심리학의 대표 저서 『기억, 꿈, 회상』이 집필되었다. 평일에는 취리히대학 연구실에서 많은 환자들을 만나고 방문객과 업무에 붙들려 살았지만, 주말에는 어김없이 호숫가로 돌아가 직접 살림과 청소를 하며 원시적인 방식을 고수

했다. 중간에 그토록 꿈꾸던 인도를 여행하고 미국을 방문해 푸에블로 인디언의 생활을 연구한 것을 제외하면 그의 역작 대부분이 이 돌집에서 쓰여졌다. 하지만 융은 자기만의 그 성소를 그저 '탑Tower'이라 불렀다.

"이곳에서 나는 나 자신이 사물과 풍경 속으로 스며들어가 각각의 나무 속에, 출렁이는 물결 속에, 구름 속에, 오가는 동물들 속에, 그리고 변화하는 계절들 속에 살아 존재한다는 느낌을 받는다."

라틴어에서 레푸기움은 '피난처, 휴식처'의 의미이다. 원래 레푸기움은 빙하기 등 여러 생물종이 멸종하는 환경에서 동식물이 살아남은 장소를 말한다. 빙하기 때 살아남은 생물들처럼 자신의 존재를 잃지 않을 수 있는 곳, 그곳이 바로 레푸기움인 것이다. 호숫가 돌집은 융에게 평화롭고 창조적인 삶의 중심이 되어 준 진정한 레푸기움이었다. BBC 기자가 찾아갔을 때 노년의 융은 그곳에서 주기적으로 단순한 생활을 하지 않았다면 학문적인 성취를 이루지 못했을 것이라고 회고했다.

"볼링겐에서 나는 진정한 삶의 한복판에 있었으며, 나 자신과 가장 가까워졌다. 나에게 그곳은 내 영혼에 몰두한 장소였다."

융에게 그러했듯이, 레푸기움은 단순한 쉼터 이상이다. 우리의 영혼과 세상 사이에는 거리가 있으며, 많은 장소들은 용도 이상의 어떠한 곳도 되지 못한다. 그 거리가 사라지고 내가 피상적으로 존재하거나 이방인처럼 느껴지지 않는 곳, 그래서 무슨 의식을 행하듯 종종 찾아가고 싶은 장소가 있다면 자신의 레푸기움을 발견한 것이다.

나는 몇 해의 여름을 라다크 지방에서 지냈다. 현지인 친구 릭진 추비가 제공해 준 2층 방은 큰 선물이었다. 인더스강의 진흙 벽돌로 지은 라다크 전통 양식의 집으로, 방 안에는 나무 침대 하나와 작가인 나를 배려해 릭진이 구해다 놓은 책상과 나무 의자가 전부였다. 새벽에 창문을 열면 멀리 어스름 속에 눈 쌓인 히말라야와 벌써부터 작은 공항으로 활강하는 소형 비행기들이 보였다. 오후에는 돌풍이 불어 이착륙을 할 수 없기 때문에 이른 시간에 비행기들이 내리고 떴다.

아침에는 10분 거리의 빵 가게로 걸어가 아랍식 빵을 샀다. 도착한 며칠은 산소 부족으로 그 길을 오르내리는 데도 숨이 찼다. 둥근 진흙 화덕 안쪽 벽에 밀가루 반죽을 붙여 납작하게 구워 내는 빵은 값이 싸고 맛이 있었다. 릭진의 아내가 만든, 그 지역 특산품인 살구 잼을 발라 버터티와 함께 먹었다. 무슬림 주민이 많아 빵 가게에서는 늘 줄을 섰다. 나는 라다크어를 몇 마디밖에 할 줄 몰랐기 때문에 매일 봐도 눈인사만 주고받았다.

아침을 먹은 후에는 맞은편 언덕의 불교 사원에 가서 앉아 있거나 거기서부터 능선을 따라 한두 시간 산책을 했다. 그리고 돌아와서는 도랑을 따라 힘차게 흐르는 눈 녹은 물로 몸을 씻고,

옥상에서 햇볕을 쬐며 책을 읽거나 글을 썼다. 저녁에는 그 집 부엌에서 라다크 주식 중 하나인 추더히(수제비)를 만들어 먹었다. 현지인들의 집에 초대받아 갈 때도 있었다. 그리고 일주일에 한 번은 근처 마을들을 여행했다. 산악 지역답게 어둠이 빨리 내려 늦어도 9시에는 잠자리에 들었다. 텔레비전도 없고, 전화도 거의 사용할 일이 없었다. 그런데도 마음과 영혼이 충만했다.

한번은 북인도 다람살라에서 겨울을 났다. 달라이 라마가 머무는 곳이라서 불교 순례자들과 전 세계에서 온 여행자들이 북적이지만, 고산지대답게 추운 계절에는 한산했다. 3백 개의 계단을 올라 더 위쪽의 다람콧이라는 곳에 갔다가 그곳에서 내려다보이는 풍경과 넉넉한 햇빛에 반해 방을 얻었다.

지금은 그곳마저 게스트하우스들과 카페들이 점령했지만, 당시는 민가밖에 없어서 고즈넉함 그 자체였다. 아침에는 다시 3백 개 계단을 내려가 식당에서 빠바(티베트 빵)를 사 오고, 저녁에는 나뭇가지로 불을 지펴 칼국수 비슷한 툭빠를 만들었다. 주인 아주머니에게서 말린 민트를 얻어다 뜨거운 차를 마시는 사이 어느새 별들이 떴고(다람콧에는 유난히 별이 많다) 그 별빛 신호를 따라 산기슭의 집들이 하나둘 불을 켜는 것을 감상했다.

방에 난방시설이 없는 탓에 아침에는 밖으로 나가 해맞이를 해야 몸이 녹았다. 원숭이들과 초록색 앵무새들도 햇빛을 쬐러 모였다. 안개가 걷히고 날씨가 좋은 날에는 더 위쪽으로 올라가 만년설을 구경했다. 카메라 렌즈보다 눈이 먼저 열렸다. 숙소 주위에는 산책로가 많아 매일 발걸음을 유혹했다. 그리고 정해진 시간만큼은 방에 앉아 글을 썼다. 생활비는 거의 들지 않았다.

단순한 생활과 음식이 나를 단순하게 만들었다. 그리고 그 단순함이 나를 나 자신에게 가까워지게 했다. 그 삶은 타인이 이해할 수 있는 것이 아니었다. 순전히 내 영혼에 관한 일이었다. 꼭 필요하지 않은 일과 만남들이 줄어들면서 기쁨은 늘어났다. 사치가 문화를 창조하기도 하지만, 소박함은 정신을 창조한다. 그곳에서 나는 사원들을 들여다봤고, 신상들을 보았고, 그런 다음 나자신 안에서 성소를 발견했다.

『기억, 꿈, 회상』에서 융은 말한다.

"사람들은 점점 커져 가는 부족감, 불만족, 불안 심리에 떠밀려 새로운 것을 향해 충동적으로 돌진한다. 현재 가지고 있는 것으로 살지 않고 미래가 약속해 주는 것들에 의지해 살아간다. 모든 좋은 것이 더 나쁜 대가를 치르고 얻어진다는 사실을 인정하지 않는다. 눈부신 과학의 발견이 우리에게 재앙을 가져온다는 것은 더 말할 필요도 없다. 그것들은 전체적으로 인간의 기쁨, 만족, 또는 행복을 증가시키지 못한다. 예를 들면 시간을 단축하는 조치들은 불쾌한 방식으로 속도만 빠르게 해 전보다 더 시간이 부족하게 만든다. 볼링겐에 있는 나의 탑에서는 사람이 마치 수백 년을 사는 것처럼 산다. 만약 16세기 사람이 그 집으로 이사 온다면 그에게 새로운 것은 단지 석유 등잔과 성냥일 것이다."

당신에게 그런 곳은 어디인가? 자기만의 사유 공간에서 긴 호흡을 들이쉬고 내쉴 수 있는 곳은? 삶이 의미를 잃은 것 같을 때마다 당신을 부르는 곳, 신이 당신을 위해 지도 위에 동그라미를 표시한 곳은?

자신만의 레푸기움, 자신의 탑을 갖는 일은 중요하다. 그곳이 돌집이든 소나무 숲이든 바닷가 외딴곳이든, 주기적으로 찾아가 분산된 감각을 닫고 자신의 영혼에 몰두하는 장소를 갖는 일은. 그것은 떠남이자 도착이다. 그곳에서 당신은 다른 사람이 되기를 멈추고 오로지 자신의 모습으로 존재한다. 자신의 본얼굴을 감추느라 우리는 너무 많은 시간을 허비한다. 자신의 레푸기움에서는 타인을 위해 표정을 꾸밀 필요가 없으며, 외부의 지나친 소란으로부터 자신의 영혼을 지킬 수 있고, 당신을 움켜쥐었던 세상의 요구에서 벗어난다.

그때 당신은 내면의 성소와 연결된다. 그것은 지혜와 신뢰의 순간이고, 얼음이 아니라 물이 되는 순간이다. 내면의 성소에서 당신은 힘의 원천과 연결되어 다시 세상 속으로 돌아온다. 당신은 단단히 오므렸던 봉오리를 열고 자신의 향기를 숨쉰다. 엘리자베스 아펠이 시에 썼듯이 '꽃을 피우는 위험보다 봉오리 속에 단단히 숨어 있는 것이 더 고통스럽다.'는 사실을 알기 때문이다.

불완전한 사람도 완벽한 장미를 선물할 수 있다

고등학교 3학년 때 두통이 견딜 수 없이 심해 한 달 동안 입원해 있었다. 머리에 전극선들을 연결해 반응 검사도 하고 척추에 드릴로 구멍을 뚫어 척수까지 뽑았지만 원인을 알 수 없었다. 두통뿐 아니라 나 자신이 보기에도 생각과 행동이 정상은 아니었기에(당시는 교모를 써야 했는데 머리가 아파서 모자 한가운데를 길게 잘라 부스스한 머리카락을 바깥으로 내놓고 다녔다) 급기야는 정신병원으로 보내졌다.

다른 정신 질환자들 속에 있으니 나는 제법 정상인이었다. 한 남자는 사법고시에 여러 번 실패한 판사였는데 나를 계속 변호사라고 불렀다. 또 다른 사람에게 나는 정보기관에서 자기를 감시하기 위해 비밀리에 파견한 스파이였다. 그래서 하루에도 몇 번씩 변호사와 스파이를 오가야 했다.

며칠 후 병원 원장인 정신과 의사와 상담을 하게 되었다. 무슨 내용이었는지는 기억나지 않지만, 의사가 나를 똑바로 쳐다보며 말했다.

"넌 정상이 아니야."

학생주임 선생님이 모자로 때리며 정상이 아니라고 하는 것은 그냥 넘길 수 있었지만, 흰 가운을 입은 전문의가 그렇게 단정지 으니 나도 모르게 눈물이 핑 돌았다. 고개를 돌려 외면하려는 찰 나, 의사가 다시 말했다.

"하지만 완전히 정상이 아닌 건 아냐. 그러니 넌 여기에 있을 필요가 없어."

그 말에 글썽거리던 눈물이 툭 떨어졌다. 훌륭한 의사의 배려 로(그가 아니었다면 끝내 변호사와 스파이로 살 수도 있었다) 그날로 병 원을 나와 열심히 공부해 대학 국문과에 입학할 수 있었다.

인도의 명상 센터에서 생활하던 초기에 나는 무의식에서 분출 해 나오는 걷잡을 수 없는 내용물들로 인해 정신이 위태위태했 다. 광기가 심하면 체중이 급격히 준다는 것도 그때 알았다. 어딘 가를 돌아다니다 뼈만 앙상해져 돌아오면 가까운 재미교포 친구 가 보리수 아래서 나를 껴안으며 말하곤 했다.

"넌 맛이 갔어You are nuts!"

그러고는 내 등을 어루만지며 덧붙였다.

"하지만 걱정 마. 아주 맛이 간 건 아니니까."

포옹만큼이나 그 말이 내겐 큰 위안이고 힘이었다. 내가 아직 '아주 맛이 간' 건 아닌 것이다.

정신적 위기의 순간에 우리를 붙들어 주는 것은 그런 말이 아닐까? "넌 정상이야. 넌 아무 문제 없어."라는 지나친 독려보다는 "넌 비정상이긴 하지만 완전히 비정상인 건 아냐. 넌 문제투성이지만 적어도 문제를 만드는 능력이 있어. 그러니 아주 망가진 건 아니야."라는 말. 그렇다, 모자 가운데를 찢어서 머리카락을 내놓고 다니는 창조성은 아무나 가질 수 있는 게 아니니까. 그리고 우리 중 누가 미쳤다는 평가에서 완전히 자유로울 수 있겠는가? 그런데 왜 자신에게 계속 "넌 아무 문제 없어. 넌 완벽해."라고 강박적으로 말해야 하는가? 그럼 정말로 문제가 된다.

우리가 자신에게 들려줄 말도 그것인지 모른다. 넌 이상한 면이 있긴 하지만 인류의 구성원에 포함되지 못할 만큼은 아니라는 것. 미치긴 했지만 그 미침으로 살아갈 힘을 얻는 사람도 있다는 것. 살짝 미치는 것이 때로는 도움이 되기도 한다는 것, 그리고 정상이 꼭 자랑만은 아니라는 것.

미국에서 가르침을 편 한국의 숭산 스님이 어느 날 보스턴 근교의 케임브리지선원에서 대중을 상대로 즉문즉답 형식의 법문을 할 때였다. 뒤쪽에 앉은 한 청년이 말도 안 되는 무례한 질문을 던져 좌중을 술렁이게 했다. 대화가 끊기고 그 질문자를 보기 위해 모두가 고개를 돌렸다.

숭산 스님은 안경 너머로 그 청년을 뚫어져라 바라보았다. 순간 방에는 아찔한 정적이 흘렀다. 스님은 청년 쪽을 향해 몸을 약간 기울이더니 갑자기 청천벽력 같은 소리로 고함쳤다.

"자네 미쳤군!"

모든 청중의 숨이 멎었다. 방 안의 긴장감이 몇 배로 치솟고 제자들도 당황했다. 한 제자는 스님에게 '아무리 미쳤더라도 공개적인 자리에서 그렇게 말씀하시는 것은 옳지 않습니다. 이건 올바른 방식이 아녜요.'라고 속삭여 주고 싶었다. 그 제자뿐만 아니라 모든 사람이 그렇게 느꼈다.

그러나 스님의 말은 아직 끝나지 않았다. 영원처럼 느껴진 몇 초의 침묵을 깨고 스님은 이 말로 끝을 맺었다.

"그렇지만…… (또 몇 초의 침묵) 완전히 미치지는 않았어!"

방 안의 모두가 안도의 숨을 쉬었다. 그 안도의 분위기가 사람들을 타고 퍼져 나갔고, 청년의 마음에도 스몄다. 숭산 스님은 그런 식으로 어느 누구도 포기하지 않았다. 이 일화를 전하며 스님의 제자였던 매사추세츠 의과대학 교수 존 카밧진은 말한다.

"스님이 우리에게 말하고자 한 것은 우리가 온전한 정신을 회복할 용기를 내기 위해서는 자신의 광기를 당당히 받아들이고, 그것을 연민으로 껴안을 수 있어야 한다는 것이었다. 자신의 단점과 마주해 그것에 이름을 붙이고, 그렇게 함으로써 자신이 그 단점을 초월한 존재라는 것, 그래서 더 이상 그 문제에 사로잡히지 않고 자기 본연의 전체성과 가까워지라는 것이었다."

우리는 자신을 무조건 사랑해 줄 누군가를 갈구한다. '넌 불완전해. 언제까지나 불완전할 수밖에 없어. 하지만 넌 아름다워.'라고 말해 줄 사람을. 하지만 만약 그 누군가가 자기 자신 안에 있다면 더없이 기쁠 것이다. 이 말은 얼마나 좋은 말인가! 불완전한 사람도 완벽한 장미를 선물할 수 있다는 것.

'매장'과 '파종'의 차이는 있다고 믿는다. 생의 한때에 자신이 캄캄한
암흑 속에 매장되었다고 느끼는 순간이 있다. 사실 그때 우리는
어둠의 층에 파종된 것이다. 청각과 후각을 키우고 저 밑바닥으로

3

뿌리를 내려 계절이 되었을 때 꽃을 피우고 삶에 열릴 수 있도록. 세상이
자신을 매장시킨다고 생각할 수 있지만, 그것을 파종으로 바꾸는 것은
우리 자신이다. 파종을 받아들인다면 불행은 이야기의 끝이 아니다.

매장과 파종

스물네 살의 가을, 학교 부근에 월세방을 구했다. 유리창이 군데군데 깨진 낡고 오래된 4층 건물이었는데, 그중 한 층을 세 얻어 살림집으로 개조한 가족이 여분의 방 하나를 나에게 세준 것이다. 서울 근교의 한강변 창고에서 지내다 학교 앞으로 돌아온 직후였다.

책을 벽에 쌓아 놓으면 겨우 누울 만큼 작은 방이었지만 거리를 내려다볼 수 있고 무엇보다 세가 쌌다. 학교와 가까워서 수업을 빠질 염려도 적었다. 이미 한 번 낙제한 경력이 있기 때문에 또 낙제를 했다가는 제적당할 가능성이 컸다.

주인 격인 그 가족의 가장은 성격이 난폭하고 술주정을 일삼는 남자로, 내가 입주한 첫날부터 자기 아내와 딸에게 폭언을 퍼붓더니 손찌검까지 했다. 그 나이에 이미 나는 일 년 넘는 노숙

생활에다 강변 창고에서 물난리를 겪는 등 산전수전 다 겪은 터라 그가 조금도 두렵지 않았다,

라고 말하고 싶지만 덩치 큰 남자가 닥치는 대로 때려 부수는데 무섭지 않을 턱이 있겠는가? 너무 긴장해서 건물 한쪽에 있는 화장실을 발끝으로 걸어 다녀오는데 남자가 방문을 벌컥 열더니 나에게 소리쳤다.

"넌 앞으로 여기 화장실 절대로 쓰지 마! 우린 너한테 방을 세준 거지 화장실까지 세준 게 아냐."

말도 안 되는 횡포였다. 나는 방세에는 당연히 화장실 사용이 포함되어 있으며, 그런 억지 주장을 할 거면 당장 돈을 돌려 달라고 당당하게 맞섰다,

라는 것은 마음만 먹은 것일 뿐 집주인에 대한 예의상 행동에 옮기지는 않았다. 그래서 그날부터 문학도이기 이전에 한 인간으로서 생리적인 문제를 해결하기 위한 나의 사투가 시작되었다. 건물의 다른 층들에도 화장실이 있었으나 다 자물쇠가 채워져 있었다. 그나마 내가 마음 편히 사용할 수 있는 곳은 교문 근처에 있는 대학병원 화장실이었다. 내 방에서 그곳까지는 대략 700미터였다.

평소의 걸음걸이로는 10분이면 충분했다. 하지만 볼일이 급한 사람에게는 때로 현기증이 날 만큼 먼 거리였다. 책을 읽으며 미적거리다가 엉덩이에 분사 엔진이 달린 사람처럼 전속력으로 달

린 적도 여러 번이다. 그것도 자정 너머 인적 드문 길을. 아마 누군가가 초시계로 쟀다면 달리기 선수로 스카우트했을 것이다. 눈비 퍼붓는 악천후도 아랑곳할 수 없었다.

그 방에서 여섯 달 남짓 살았다. 귀가하기 전에 밖에서 최대한 볼일을 해결하고 들어갔지만, 강박관념이 생겨 새벽이나 한밤중에 어김없이 병원 응급실 화장실로 달려가곤 했다. 이른 아침 학교 정문에서 몇 번 마주친 국문과 교수가 나를 소리쳐 불렀으나 내가 못 들은 척하고 달려가자 낙제 점수를 줘서 대략 난감했다. 응급 상황인 사람을 자꾸만 불러 세운 그도 잘못이지만, 학생으로서 수업을 종종 빼먹은 내 책임이 더 컸다.

카뮈의 실존주의 소설에 반하고 니체의 초인 사상에 심취하고 바슐라르의 몽상 미학에 밑줄 긋던 이십 대, 오직 문학에 생을 전념하고 세상 어느 것에도 물들지 않은 본질적인 것을 추구하겠다고 혼자 촛불 켜놓고 서약했지만, 현실은 화장실 하나로 나를 녹초가 되게 만들었다. 원래는 배변이 필요 없는 순결하고 아름다운 행성으로 향해 가던 나였는데…….

하지만 자랑스럽게 말할 수 있는 것은 옷에 실수를 하는 불상사는 단 한 번도 일어나지 않았다는 점이다. 그래서 많이 불행하거나 상황에 정신이 갉아먹히지는 않았다. 설령 고통스럽고 신이 원망스러웠다 해도 이렇게 훗날 웃으며 추억할 수 있으면 되지 않은가!

사실 이 글은 신의 섭리가 작용하는 방식에 대해 쓰려고 했던 것인데 주제와 연결시키기 어렵게 되었다. 나의 그 경험에 무슨 신의 섭리가 작용했겠는가? 다만 '매장'과 '파종'의 차이는 있다고 나는 믿는다. 생의 한때에 자신이 캄캄한 암흑 속에 매장되었다고 느끼는 순간이 있다. 어둠 속을 전력질주해도 빛이 보이지 않을 때가. 그러나 사실 그때 우리는 어둠의 층에 매장된 것이 아니라 파종된 것이다. 청각과 후각을 키우고 저 밑바닥으로 뿌리를 내려 계절이 되었을 때 꽃을 피우고 삶에 열릴 수 있도록. 세상이 자신을 매장시킨다고 생각할 수 있지만, 그것을 파종으로 바꾸는 것은 우리 자신이다. 매장이 아닌 파종을 받아들인다면 불행은 이야기의 끝이 아니다.

나는 너와 함께 있을 때의 내가 가장 좋아

한 대학생이 아메리카 원주민에 관한 박사 학위 논문 과제의 일환으로 미국 남서부에 위치한 나바호족 인디언 보호구역에서 일 년을 보냈다. 원주민 집단을 관찰하고 연구 활동을 하면서 그녀는 한 인디언 가족과 함께 지냈다. 그들의 오두막에서 생활하고, 그들의 음식을 먹고, 그들과 함께 일하며 나바호족 인디언의 전반적인 삶을 공유했다.

그 가족 중 할머니는 영어를 잘하지 못했지만 시간이 갈수록 두 사람 사이에는 친밀한 유대 관계가 형성되었다. 언어의 차이에도 불구하고 사랑과 이해라는 공통의 언어를 서로 나눈 것이다.

마침내 그녀가 다시 학교로 돌아갈 시간이 되었을 때 부족은 그녀를 위해 특별히 송별회를 열어 주었다. 그 젊은 여성과 정이 많이 들었기 때문에 부족 사람들 모두 그녀와의 이별을 슬퍼하고 아쉬워했다.

그녀가 픽업트럭에 올라타고 떠날 준비가 되었을 때, 그 할머니가 따로 작별 인사를 하기 위해 그녀에게 다가왔다. 할머니는 눈물을 흘리면서 세월의 풍파로 거칠어진 주름진 손을 여학생의 두 뺨에 대었다. 그리고 그녀의 눈을 똑바로 바라보며 서툰 영어로 말했다.

"나는 너와 함께 있을 때의 내가 가장 좋아I like me best when I'm with you."

두 사람의 관계가 부러운 것은 나뿐만이 아닐 것이다. 살아온 과정과 삶의 방식이 달라도 나의 존재 전체를 온전히 받아들여 주는 그런 관계가. 그래서 내가 나 자신을 소중하게 여기게 되는 관계.

그 대학생은 아마도 처음에는 학술 연구자의 냉정한 자세로 원주민의 생활방식을 조사하기 위해 그곳에 갔을 것이다. 하지만 언어와 문화의 벽을 넘어 부족 사람들은 그녀를 자신들의 삶에 받아들였고, 그녀 역시 그들과 하나가 되었다.

사랑, 이해, 공감의 공통점은 나의 존재를 있는 그대로 받아들여 주는 가슴, 그래서 나를 가장 나답게 만들어 주는 마음이다. 그때 두 사람의 관계는 단순한 친교를 넘어 영적 교감을 나누는 사이가 된다.

내가 인도에서 수크데브 바바지의 제자가 된 것은 그가 멋진

긴 머리를 하고 있다는 이유도 있었지만 나를 대하는 진정성 때문이었다. 타인을 만날 때 습관적으로 꾸미거나 과장된 진심을 보이는 이들과 달리 그는 나를 대하는 데 조금의 가식도 없었다. 다정했지만 굳이 내 호감을 사려고 하지 않았다.

그래서 나 또한 그의 앞에서 자신을 꾸미거나 본연의 나와 다른 모습을 드러내 보일 필요가 없었다. 그는 나를 보고 웃을 때는 진정으로 웃고, 반길 때는 진정으로 반겼다. 우리는 아침마다 갠지스 강가에 앉아 있곤 했는데, 바바지는 나와 함께 있을 때는 온전히 나와 함께 있었다. 나와 달리 그는 마음이 다른 대상으로 배회하는 법이 없었다. 어떤 의도나 기대 같은 것이 섞여 있지 않았다. 나는 그것이 사랑이라고 느꼈다.

한번은 근처 오래된 유적지로 바람을 쐬러 갔는데, 내가 들고 간 낡은 카메라의 셔터 버튼이 어딘가에 떨어져서 아무리 해도 찾을 수가 없었다. 내가 잔디밭을 뒤지는 둥 마는 둥 하고 있을 때 수크데브 바바지는 2미터가 넘는 긴 머리카락을 둘둘 말아 올린 커다란 머리를 두 손으로 지탱하고서 온 마음을 다해 찾았다. 그리고 마침내 토끼풀 사이에서 은색 버튼을 발견하고는 나보다 더 기뻐했다.

내가 장난기가 발동해 이참에 네 잎 클로버를 찾자고 제안하자, 바바지는 다시 반 시간 넘게 몸을 기역자로 만들고서 어린아이처럼 풀밭을 훑고 다녔다. 자기 얼굴의 몇 배나 되는, 구멍 난

붉은색 터번으로 감싼 머리를 두 손으로 받치고서. 그때 찍은 사진을 나는 아직도 가지고 있다. 그에게서 어떤 설법이나 진리에 대한 강론을 들은 바는 없지만, 그는 내가 새 책을 출간하거나 어떤 작은 성취를 이뤘다고 말하면 진심으로 축하해 주었다. 그럼으로써 나 스스로 나 자신이 좋아지게 만들었다. 어리석고 짓궂기까지 한 제자에게 그런 스승과의 만남은 큰 행운이었다.

그것이 사랑이 아니고 무엇이겠는가? 진정성을 가지고 사람을 대하고 진심 어린 마음을 나누는 것. 수크데브 바바지는 세상을 떠났지만, 꺼지지 않는 불꽃을 내 안에 심어 놓았다. 판단보다는 온 마음을 담아 누군가를 만나는 것은 어떤 사상과 지식보다 가치 있는 일이다.

우리가 누군가를 좋아하고 그 사람과 함께 있고 싶어지는 이유는 단순히 그 사람이 좋아서만이 아니라 그 사람과 함께 있을 때 나 자신이 좋아지고 가장 나다워지기 때문이다. 또 누군가를 멀리하고 기피하는 이유는 그 사람과 함께 있을 때 나 자신이 싫어지기 때문인 경우가 많다.

그런 행운을 가졌는가? 누군가가 당신에게 "나는 너와 함께 있을 때의 내가 가장 좋아."라고 말할 수 있는.

아무도 보지 않을 때의 나

'나는 누구인가'를 가장 잘 말해 주는 것은 나의 주의나 주장이 아니라 내가 은연중에 행하는 행동, 혹은 혼자 있을 때 하는 행위이다. 영혼과 의식의 문제에 있어서는 더욱 그렇다. 나 자신도 의식하지 못하는 사이에 행하는 작고 사소한 행동들이 내 몸의 리듬을 결정하고, 마음의 세계를 드러내 보이며, 의식을 특정한 차원과 연결시킨다.

출판사에 새로 온 편집자가 인사차 찾아왔는데, 마침 내가 외부에 일이 있어서 조금 늦게 돌아왔더니 내 작업실의 강아지 궁금이와 어느새 둘도 없는 친구가 되어 있었다. 무슨 마술을 걸었는지 그토록 예민한 궁금이가 벌렁 누운 채 그 편집자의 손길에 몸을 내맡기고 있었다. 내가 와도 꼬리를 흔드는 둥 마는 둥, 그동안 애정결핍이었나 싶을 정도였다.

독자가 출판사로 보내온 우편물을 전해 주러 두 번째로 방문했을 때는 내가 원고를 탈고 중이어서 잠시 기다려야 했는데, 그 편집자는 마당 한구석에 쪼그리고 앉아 이제 막 봄을 뚫고 솟아오르는 수선화 싹들을 들여다보고 있었다. 궁금이도 그 옆에서 턱을 괴고 함께 바라보고 있었다. 그녀는 내 작업실 마당에 있는 모든 나무와 풀들에 진심 어린 관심을 보였다.

동물과 식물에 대한 그녀의 놀라운 친화력은 그녀가 누구인가를 자연스럽게 드러나게 해, 새로운 편집자와 일하는 것을 주저하는 내 마음까지 스스럼없이 열게 했다. 그 이후 15년이 지난 지금까지 내가 출간하는 거의 모든 책의 편집을 출판사와 상관 없이 그녀가 담당해 오고 있다. 그사이 궁금이는 세상을 떠나고 새 식구 천둥이가 그녀의 다리를 껴안고 두 발로 서서 따라다닌다는 점이 다를 뿐이다.

그녀는 또 내가 후원하는 인도 아이들의 장부를 정리하는 것을 돕고 있는데, 해마다 큰 축제 때가 되면 나 몰래 아이들에게 옷이며 학용품 등의 선물을 보내 주었다. 영어를 모르는 아이들을 배려해 기초 힌디어를 배워서 작은 카드에 힌디어로 아이들의 이름을 적고 안부 인사까지 적어 보냈다. 상형문자 같은 힌디어 글자를 혼자 익히는 것은 쉬운 일이 아니다. 오로지 아이들을 기쁘게 해 주기 위한 마음에서 우러난 행위였다. 나중에 내가 인도에 갔을 때 아이들은 앵무새 같은 눈으로 그녀의 안부를 묻느라 나는 뒷전이었다.

어떤 사람을 만날 때 마음이 열리는 순간이 있다. 나의 감각과 느낌, 혹은 삶에서 경험하는 기쁨이나 두려움을 굳이 말하지 않아도 그 사람과는 나눌 수 있을 것만 같다. 그 자발적인 열림이 폭풍에 길 잃은 새 같던 우리를 연결시켜 주며, 그때 세상과의 거리도 가까워진다. 삶이라는 여행의 한 구간을 그런 사람과 함께 하는 것은 행운이다.

심리학자 밀턴 에릭슨이 대학 등록금을 마련하기 위해 책을 팔러 다닐 때의 일이다. 하루는 농가에 가서 어느 농부에게 책을 권하자 농부는 거들떠보지도 않으며 "난 아무것도 읽지 않고, 아무것도 읽을 필요가 없어. 난 단지 우리 돼지들한테만 관심이 있을 뿐이야."라고 말했다.

에릭슨은 "열심히 돼지를 먹이시는 동안 잠깐 옆에 서서 말씀을 나눠도 될까요?" 하고 묻고는 책 이야기를 꺼냈다. 그리고 무심결에 땅바닥에서 납작한 돌멩이 하나를 주워 돼지 등을 긁어 주었다. 에릭슨 자신도 어린 시절을 농장에서 보냈기 때문이다. 그러자 농부가 하던 일을 멈추고 말했다.

"자네는 돼지를 좋아하는군. 돼지들이 원하는 대로 등을 긁어 줄 줄 아는 사람이라면 나도 그 사람에 대해 알고 싶네. 오늘 저녁은 나와 함께 먹고 우리 집에서 공짜로 하룻밤 묵고 가면 어떻겠나? 책은 내가 사 주겠네."

농부의 마음이 에릭슨의 무의식적인 행동에 반응한 것이다. 사실 우리는 날마다 본성 차원에서 타인과 접촉하고 있다. 우리 마음을 둘러싼 장벽이 그 접촉을 가로막은 것처럼 느낄지라도, 우리는 늘 그 순수한 차원을 품은 채 타인을 만나고 서로를 알아차린다.

미국 시인 마야 안젤루는 썼다.

"사람들은 당신이 한 말과 당신이 한 행동을 잊지만, 당신이 그들에게 어떻게 느끼게 했는가는 잊지 않는다."

나 자신이 실제로 누구인가는 감추거나 꾸미는 것이 불가능하다. 나는 부지불식간에 그것을 드러내며, 내가 주장하는 사상이나 철학이 아니라 무의식적인 행동이 나에 대해 가장 잘 말해 준다. 아무도 보고 있지 않을 때 나는 무엇을 하고 있고 어떤 사람인가? 그것이 가장 진실된 나의 모습에 가깝다.

어느 작가가 영국의 시골 마을을 여행하다가 그 지역의 나이 든 농부들과 얘기를 나누게 되었다. 노인들은 열 사람의 농부가 쟁기질을 한 넓은 밭을 둘러보면서 누가 어느 구역을 쟁기질했는지 정확히 알아맞혔다. 조금씩 다르게 쟁기질한다고 해서 수확량이 달라지는 것도 아닌데 왜 그 점을 중요하게 여기느냐고 묻자, 농부들은 돈 때문이 아니라 이랑의 모습이 그 사람 자신과 마찬가지이기 때문이라고 했다. 작가는 그 말의 의미를 단순히 밭이 아닌 삶에 대한 것으로 받아들였다.

신은 우리의 말을 들음으로써가 아니라 행위를 바라봄으로써 우리를 신뢰한다. 내가 설명하지 않는 것을 내 삶이 말하고 있기 때문이다. 가톨릭에서는 '코람 데오'를 이야기한다. 즉 '신 앞에 선 단독자인 너는 누구인가?'라는 물음이다. 신 앞에서는 어떤 가면으로도 본연의 모습을 숨길 수 없기 때문이다.

어느 날 코끼리와 개미가 숨바꼭질 놀이를 했다. 처음에는 개미가 술래가 되어 코끼리가 숨었는데, 몸집이 커서 금방 발각되었다. 이번에는 코끼리가 술래가 되자 개미는 코끼리가 들어올 수 없게 작은 사원 안으로 들어가 숨었다. 하지만 코끼리는 쉽게 개미가 숨은 곳을 찾아낼 수 있었다. 개미가 평소의 행동대로 신발을 벗어 놓고 사원 안으로 들어갔기 때문이다.

내면 아이

"한때 우리 자신이었던 아이는 일생 동안 우리 내면에서 살고 있다."고 프로이트는 말했다. 그리고 릴케는 "모든 사람 안에는 사랑받고 싶어 하는 아이가 숨어 있다."고 썼다.

내가 최초로 자살을 생각한 것은 열한 살 때의 일이다. 일요일이었던 그날, 집 옆 텃밭에서 혼자 흙장난을 하거나 닭들을 쫓아다니고 있었다. 넓은 공간은 아니었지만 어린 나에게는 충분히 큰 세계여서, 화살촉처럼 생긴 까만 돌조각도 있고 잘 보면 넝쿨 밑에 붉은색 뱀딸기도 있었다. 돼지는 돼지우리에서 콧구멍에 들어간 밥알을 튕겨 내기 위해 킁킁거리다가 나뭇가지로 등을 긁어 주면 웃음을 참지 못했다. 봄 내음 물씬한 오후, 장다리꽃 위로 나비가 날고 산속 어디서는 뻐꾸기가 울었다. 그리고 이 모든 평화로움은 내가 모르는 비극을 잉태하고 있었다.

암탉이 꼬꼬거려서 가 보니, 짚을 깔아 준 둥지에 달걀이 하나 놓여 있었다. 이제 막 낳은 후라서 따뜻했다. 매일 하나씩 알을 낳는, 우리 식구에게는 더없이 소중한 암탉이었다. 나는 조심스럽게 달걀을 그 자리에 놓아두고 밖으로 달려나갔다. 땟국물 흐르는 친구들이 볼품없는 작대기를 가지고 일부러 신나게 놀고 있었다. 나도 기다란 작대기를 들고 돌진했다.

그날 저녁 집에 돌아오자 분위기가 흉흉했다. 낮에 낳은 달걀이 사라진 것이다. 부엌살림을 책임진 큰누나를 비롯해 식구들 모두가 나를 범인으로 지목했다. 텃밭에서 곧잘 노는 사람은 나였으며, 입가가 지저분해져서 작대기를 들고 나타난 나는 날달걀 몰래 먹은 범인 행색 그 자체였다. 형은 나를 거짓말쟁이로 몰아세웠고, 그 벌로 나는 저녁을 굶어야만 했다. 누구도 내 결백을 믿지 않았다. 달걀 하나가 중요할 만큼 가난하기도 했지만, 분함을 못 이겨 손등으로 눈물을 닦자 얼굴이 더 지저분해져서 버림받은 아이처럼 되었다.

그때 내가 느낀 것은 슬픔이나 분노가 아니라 무력감이었다. 우리를 쓰러뜨리는 것은 이 무력감이다. 내 힘으로는 아무것도 할 수 없고, 아무것도 바로잡을 수 없을 때 우리는 존재가 무너지는 것을 느낀다. 텃밭에 쭈그리고 앉아 울다가 내가 분연히 선택한 것은 죽음이었다.

뒷동산으로 올라가면 떡갈나무 숲이 있었다. 나는 그곳에서 달걀 도둑 누명 쓴 인생을 끝내기로 마음먹고 아무도 붙잡지 않는데 혼자서 뿌리치는 자세로 비탈길을 올랐다. 오래된 나무들 때문에 낮에도 음산함이 느껴지는 곳이었다. 해가 막 지기 시작해 숲 옆 작은 개울이 더 검게 보였다. 그냥 그곳에 움직이지 않고 서 있으면 얼마 안 가 죽게 되리라고 희망하며 막연히 기다리는데, 누군가가 나를 뚫어지게 쳐다보는 것이 느껴졌다.

눈물을 훔치고 자세히 보니 초록색 개구리 한 마리가 개울 옆 풀잎에 올라앉아 나를 바라보고 있었다. 아기 청개구리였다. 청개구리는 달아날 생각도 않고 계속해서 나를 쳐다보았다. 한참을 쪼그리고 앉아 청개구리와 나는 서로를 바라보았다. 내가 눈물을 글썽이면 청개구리도 글썽이고, 내가 웃자 입 큰 청개구리도 미소 지었다.

달걀 사건은 상처 입은 아이를 내 안에 남겼다. 그 이후, 누군가가 나를 의심하거나 내 진실이 무시당하면 그 상처받은 아이가 전면에 등장해 관계를 파국으로 몰고 갔다. 가족이든 친구든 연인이든 예외가 없었다. 상처받은 아이는 독립된 인격체로 내 안에 머물면서, 평생 아물지 않는 화상처럼 누가 건드리는 것을 용납하지 않는다.

신이 만약 "네가 원하는 과거 시점으로 너의 인생을 되돌아가게 해 주겠다."라고 한다면 나는 단연코 그 봄날로 돌아가 달걀을 가지고 있다가 식구들에게 보여 주고 싶다. 달걀이 놓여 있던 그 장소, 갓 낳은 달걀의 따뜻한 촉감, 날아다니던 배추흰나비와 돼지의 웃음을 아직도 생생히 기억한다. 자살할 마음을 어느새 잊게 한 청개구리의 금테 두른 눈동자도.

심리 치료 전문가 존 브래드쇼는 우리 안에 있는 '내면 아이 inner child'에 대해 말한다. 어린 시절의 상처 때문에 우리 안에는 성장하지 못한 내면 아이가 있어서 현재의 삶에 부정적인 영향을 미치고 불안한 심리를 초래한다는 이론이다. 상처가 채 아물기도 전에 어른이 되어 버렸기 때문에 인격의 한 측면이 과거의 어느 시절에 고착되어 있다는 것이다.

첫사랑과도 그렇게 해서 헤어졌다. 무심코 나를 의심했다는 이유만으로 나는 얼음처럼 차가워졌고, 두 번째로 의심받자 냉정하게 결별을 선언했으며, 그것은 그녀와 나 자신에게 회복할 길 없는 상처를 남겼다. 상처받은 내면 아이는 완벽한 사랑의 대상을 찾아 헤매지만, 불완전한 관계에 실망하고 좌절하면서 상대방에게도 깊은 상처를 준다. 그리고 자신도 모르게 같은 패턴의 행동을 반복한다.

명상 센터에서 만난 프랑스 여성 마르타는 일곱 살에 아버지가 갑자기 집을 나가서 돌아오지 않았다. 어머니는 생계를 위해 직장을 다녀야 했고, 외할머니가 와서 마르타를 돌봤다. 누구도, 단 한 번도, 아버지에 대한 얘기를 꺼내지 않았다. 그것은 철저한 금기 사항이었으며, 어린 마르타는 아버지가 왜 사라졌는지, 어디로

갔는지 알 길이 없었다. 단지 어머니와 외할머니의 불행한 감정을 고스란히 받아들여야만 했다. 아버지가 다른 여성과 살고 있다는 사실을 알게 된 것은 스무 살이 넘어서였다.

마르타는 결혼을 해 두 아이를 낳았다. 아시아 문학을 전공해 대학교수가 되었으며, 부족함 없이 살아갔다. 어느 날, 혼자서 일주일 동안 아일랜드로 여행을 갔다가 돌아온 마르타는 남편에게 결별을 선언했다. 누구도 그녀의 돌연한 결정을 되돌릴 수 없었다. 납득할 만한 이유도 없었으며, 그것으로 끝이었다. 남편은 떠나야 했고, 자신의 외할머니가 그랬듯이 마르타의 어머니가 와서 아이들을 돌봤으며, 두 아이에게 트라우마가 대물림되었다.

그녀는 나중에 알게 되었다. 남편이 돌연 자신을 떠남으로써 자기가 버림받을지 모른다는 강박감 때문에 그녀 내면의 놀란 아이가 먼저 결별을 선언했다는 사실을. 과거에 일어난 두려움과 앞으로 또 그러하리라는 두려움에 시달리는 내면 아이가 치유되지 못한 상실과 무력감 속에 자기방어를 한 것이다.

누구나 내면에 상처 입은 아이가 있다. 아무도 안아 주지 않고 외롭게 내버려 둔 아이가. 그 아이로 인해 인간관계가 힘들어지고, 감정이 폭발하고, 삶이 헝클어진다. 브래드쇼는 이 내면 아이가 사람들이 겪는 불행의 가장 큰 원인이라고 말한다.

옛날 먼 나라에 한 어린 왕자가 살았다. 왕자는 몸이 약해 늘 고통받았다. 병약한 왕자에게 지친 왕이 왕자를 성의 외딴방에 가두고 '너의 마음에 기쁨이 찾아올 때까지' 절대로 밖으로 나오지 말라고 명령했다. 하지만 왕자는 불행과 고통밖에는 발견할 수 없었다. 그래서 외딴방에서 언제까지나 혼자 지내야 했다.

왕자는 몸과 마음이 아프고, 도움이 필요했다. 어떤 방법으로든 왕자를 치료해 외딴방에서 나오게 돕는 것은 왕의 책임이었다. 이 왕자가 바로 우리 안의 상처받은 내면 아이이며, 왕은 우리 자신이다. 그 아이가 그곳에 있다. 자신을 보호받지 못하는 외로운 고아라고 느끼는 아이. 실제로는 더 잘살고 싶고, 인생을 더 소중히 만들고 싶어 하는 아이. 그 내면 아이를 다시 삶으로 돌아오게 만드는 것은 타인이 아니라 우리 자신이어야 한다.

틱낫한은 『화해』에서 내면 아이 치유를 이야기한다.

"우리 내면에는 여리고 아픈 아이가 한 명씩 있다. 우리 모두는 어린 시절에 힘든 시간을 보냈으며, 아픈 경험이 만져질 때마다 그 감정과 기억들을 무의식 깊은 곳으로 밀어 넣는다. 수십 년 동안 이 아이를 바라보지 않는다. 그러나 모른 척한다고 내면 아이가 그곳에 없는 것은 아니다. 언제나 그곳에 있으면서 우리의 관심을 받고 싶어 한다. 아이는 속삭인다. '나 여기에 있어. 나를 피하지 말아 줘.' 우리는 그 아이를 내면 깊숙이 밀어 넣고 최대한 멀리 떨어짐으로써 고통을 끝내고 싶어 한다. 하지만 그것은 고통을 끝내는 것이 아니라 아픔의 시간을 길어지게 할 뿐이다. 아이를 찾으러 먼 과거로 갈 필요가 없다. 우리 안을 깊이 들여다보기만 하면 그 아이를 만날 수 있다. 상처받은 아이의 고통이 지금 이 순간 우리 안에 있기 때문이다."

한 아버지가 아들의 잠긴 방문을 두드리며 소리친다.

"어서 일어나!"

아들이 문도 열지 않고 말한다.

"일어나기 싫어요, 아빠."

아버지가 다시 소리친다.

"얼른 일어나! 학교 가야지."

"가고 싶지 않아요."

"왜 가고 싶지 않다는 거니?"

아들은 말한다.

"세 가지 이유 때문이에요. 첫째, 학교가 너무 재미없어요. 둘째, 아이들이 나를 괴롭혀요. 셋째, 학교가 너무 싫어요."

아버지가 말한다.

"네가 학교를 가야만 하는 세 가지 이유를 말해 주지. 첫째, 학교에 가는 것이 너의 의무이기 때문이야. 둘째, 아이들이 너를 괴롭힌 건 오래전 일이야. 넌 지금 쉰두 살이야. 그리고 셋째, 넌 학교 교장이야. 어서 일어나! 장난감 그만 갖고 놀고."

쉰두 살이 되어도, 학교 교장이 되어도, 상처받은 내면 아이는 그곳에 있다.

틱낫한의 말이 이어진다.

"상처받은 아이를 처음 발견했을 때, 우리가 할 일은 그 아이를 알아보고 반갑게 인사하는 일이다. 그것이 전부이다. 어쩌면 아이가 슬퍼할지도 모른다. 그것이 느껴지면 호흡을 하면서 '네 안에 슬픔이 있는 것을 알아. 그동안은 내가 바쁘게만 살아왔어. 하지만 이제는 내가 너를 안아 줄게.' 하고 말한다. 감정과 싸우는 것이 아니라 잘 보살피는 것이다. 상처받은 아이를 알아보고 부드럽게 안아 주는 것은 아픔을 덜어 준다. 다루기 힘든 감정은 여전히 남겠지만, 아픔은 훨씬 가벼워질 것이다."

나의 품사

이십 대에 신춘문예로 등단한 나는 몇 권의 시집으로 명성을 얻어 어딜 가나 시인, 혹은 작가로 불리게 되었다. 나 역시 그것을 당연히 여겨 스스로도 자신을 시인이라고 소개한다.

그러나 '시인'의 품사는 삶, 사랑, 여행처럼 명사보다는 동사에 가깝다. 그 단어들은 현재진행형일 때만 의미를 갖기 때문이다. 시를 쓰고 있을 때 나는 시인이지만, 그렇지 않을 때는 시인이 아니다. 다른 작가의 책을 읽을 때는 독자이고, 버스를 타면 승객이며, 병원에 가면 환자이고, 식당과 카페에서는 손님이다. 사랑하는 이에게는 연인, 아들에게는 아버지, 함께 사는 강아지에게는 반가운 주인이다. 그런가 하면 힌디어 선생에게는 단어를 잘 까먹는 학생이고, 외국에서는 배낭여행자이다. 이렇듯 나는 시시각각 변화하는 동사이다.

고정된 나는 존재하지 않는다. 명칭은 역할에 따른 약속 명사일 뿐이다. 의사는 환자를 치료할 때만 의사이며, 교수는 학생들을 가르칠 때만 교수이다. 밖에 나오면 그 역시 승객이고, 길 가는 행인이며, 관광객이고, 손님일 뿐이다. 만약 그가 의사, 교수라는 명사로 자신을 고정시킨다면 그는 자기 규정에 갇혀 존재가 가진 수많은 가능성과 역동성을 잃는다.

예수회 신부 앤소니 드 멜로는 다음의 우화를 이야기한다. 한 여인이 중병에 걸려 생사를 헤매는데 아득한 곳에서 어떤 음성이 묻는다.

"너는 누구인가?"

"저는 쿠퍼 부인으로, 이 시의 시장 아내입니다."

"나는 너의 이름이나 남편에 대해 묻지 않았다. 너는 누구인가?"

"저는 사랑하는 두 아이의 엄마입니다."

"네가 누구의 엄마냐고 묻지 않았다. 너는 누구인가?"

"저는 초등학교 학생들을 가르치는 교사입니다."

"나는 너의 직업을 묻지 않았다. 너는 누구인가?"

"저는 기독교인이며, 남편을 잘 내조했고, 열심히 일했습니다."

"나는 너의 종교가 무엇이고 어떻게 살았는지 묻지 않았다. 너는 누구인가?"

여인은 알 수 없는 음성과의 대화 후에 병에서 회복되었고, 그 후 삶이 달라졌다. 자신이 규정지은 한정된 '나'에서 벗어나 더 역동적인 존재로 살게 되었다.

내가 나라고 여기는 나의 자아 이미지는 다른 방향으로도 작용한다. 사고나 병으로 몸에 장애를 갖는 순간 자신을 장애인으로 여기며, '장애인'이라는 고정 명사와 하나가 된다. 암에 걸린 것이 확인되는 순간 자신을 암환자와 동일시하며, 암환자로 살다가 암환자로 생을 마친다. 그것이 암에 걸리는 일보다 더 불행한 일일지도 모른다. 자신과 동일시된 그 '암환자'가 매 순간 펼쳐지는 존재의 다른 가능성들을 부정해 버리기 때문이다.

영국 출신 승려 아잔 브라흐마는 한 가지 일화를 전한다. 말기 암환자인 여성 수행자가 있었는데, 그녀는 병실 문에 '방문객 절대 사절! 아잔 브라흐마는 예외.'라고 크게 써붙였다. 모두가 그녀를 암환자로 대하기 때문에 괴롭다는 것이었다. 자신을 암환자로서가 아니라 인간 존재로 대해 주는 유일한 사람은 아잔밖에 없다고 했다. 그녀를 찾아간 아잔은 곁에 앉아 한 시간여 동안 농담을 해서 그녀를 한바탕 웃겨 주었다. 이튿날 그녀는 웃으며 세상을 떠났다. 누군가와 대화할 때는 그 인간 자체와 대화해야 한다는 것을 배웠다고 아잔은 말한다.

자신을 피해자라고 정의 내리는 사람을 나는 안다. 아마도 인생의 어느 시기에 부당한, 혹은 부당하다고 스스로 해석되는 일을 겪었을지도 모른다. 그녀는 자신을 피해자이며, '피해 의식'이 있다고 습관적으로 말한다. 실제로는 중학교 때부터 외국에서 유학해 명문 대학을 다녔으며, 이십 대에 이미 한 회사의 대표가 되었다. 원하는 일을 하고 살면서 왜 자신을 끝없이 피해자라고 여기는지 의문이 들 정도이다. 슬픈 어린 시절, 실패한 경험, 상처입은 사건과 자신을 동일시하며 과거의 옷을 벗지 못하는 경우는 흔하다. 또한 우리는 너무도 쉽게 자신을 '못생긴 사람', '뚱뚱한 사람', '늙은 사람', '못 가진 사람'과 동일시한다. 누구나 거리에서는 행인이고, 승객이고, 책을 읽을 때는 독자인데도.

자아 이미지에 매어 있지 않을 때 진정한 자유를 느낄 수 있다. 존재하는 것만으로도 빛날 수 있어야 한다. 모든 조건, 소유, 지위를 다 떼어 내도 우리의 본래 존재는 호수만큼 투명하고, 바다만큼 역동적이다.『인생 수업』의 저자 엘리자베스 퀴블러 로스는 말한다.

"인생의 시작에 있든 끝에 있든, 절정기에 있든 절망의 나락에 있든, 우리는 언제나 모든 상황을 초월한 존재이다. 당신은 당신이 앓고 있는 병이나 직업이 아니라 당신 자신일 뿐이다. 삶이란 무엇을 하는가가 아닌, 존재에 관한 문제이다."

정년퇴직 후에도 계속 교수라는 자아 이미지를 내려놓지 않는 사람도 있고, 일 년 동안 장관을 지낸 후에 평생 장관님으로 불리길 원하는 사람도 있다. 역할 놀이가 끝났을 때가 진정한 '나'와 마주할 기회인데도 말이다. 자신을 '진리를 깨달은 사람'과 동일시하는 이도 나는 많이 만났다. 다른 에고를 버리고 '깨달은 사람'이라는 에고로 대체한 것이다.

한번은 기업인들과 히말라야 트레킹을 한 적이 있는데, 그들 중 몇 명은 어떤 곳에서도 기업 회장이라는 자기 규정을 내려놓지 않아서 애를 먹었다. 이동하는 버스 안에서도 만년설 밑에서도 여행자가 아니라 귀빈이었다. 여행을 떠나기 전 설명한 대로 산골의 허름한 숙소로 안내하자 그 '귀빈'들은 몹시 불편해했다. 자유롭지 못한 자아상이 여행과 현존을 방해한 것이다. 자신과 만나기 위해 고행에 가까운 트레킹을 떠난 것인데도.

자신의 '유명함'에 큰 의미를 부여하지 않는 이들이 있다. 내가 아는 배우 김혜자도 그중 한 사람이다. 그녀는 오히려 명성을 세상에서 입힌 거추장스러운 옷으로 여긴다. 네팔 산악지대를 스릴 넘치는 버스 지붕에 앉아 끊임없이 깔깔거리며 내려오던 천진함과, 머리 긴 사두 앞에 앉아 인생의 진리가 무엇이냐고 묻던 순진함이 나에게 각인된 그녀의 모습이다.

영적 추구의 출발은 '나는 누구인가?'라는 물음에서 시작된다. 그리고 이 물음은 '나는 무엇이 아닌가?'가 전제되어야 한다. 그렇지 않으면 자신이 대학교수이고 연예인이고 부자라고 말할 것이다. 그것들은 주어진 역할일 뿐이지 존재 자체가 아니다. 자신의 이름 뒤에 붙는 역할에 집착하는 사람은 상대방에 대해서도 존재가 아니라 역할과 지위에만 관심을 갖는다. 그리고 그 역할과 지위로 타인을 평가한다.

사회가 나에게 부여한 역할과 이미지를 나의 존재로 착각할 때 공허가 싹트며, 이 공허감은 더 많은 외부의 것들로 채워져야 한다. 자신을 치장하는 것들을 빌려 오고 권력을 빌려 오고 지위를, 심지어 성형한 미모를 빌려 와야만 한다. 그때 그 존재는 지푸라기로 채워진 인형과 같다.

영성 상담가 토머스 무어가 강연을 하러 갔을 때의 일이다. 강연 시작 전에 사회자가 그를 청중에게 소개하며 말했다.

"저는 오늘의 강연자가 무엇이 아닌지를 말하겠습니다. 그는 예술가도 아니고, 시인도 아니고, 학자도 아니며……"

무어는 이 '아니라는 정의'를 들으면서 어쩐지 억울했다. 당시에 그는 대학에서 가르치고 있었고 적어도 자신이 학자라는 환상을 가지고 있었다. 그러나 그는 자신이 진정한 의미의 학자가 아니라는 것 또한 알고 있었다. 사회자의 범상치 않은 소개가 현명하고 절대로 옳다고 무어는 생각했다. '자신이 동일시하고 있는 것으로부터 자유로워지는 법'에 대한 것이 그날의 강연 주제였던 것이다. 이 일화를 전하며 무어는 말한다.

"우리가 무엇이 아닌지를 관찰하면서, 우리가 누구인가에 대한 놀라운 메시지를 발견할 수 있다."

사실 존재는 자신이 한 가지로 규정되는 것을 부자유하게 여긴다. 모든 사람이 자유를 원하는 것은 그 때문이다. 우리의 존재

안에는 무한히 역동적인 세계가 있다. 별들의 운항이 있고, 새들의 지저귐이 있고, 꿈과 환상이 있다. 우리는 햇빛 속 먼지인 동시에 광활한 우주이다. 나무를 흔드는 바람이고, 빗방울이고, 절벽에 부서지는 파도이다. 우리는 존재하는 모든 것이다.

'나'에게 고정된 실체가 없다는 점을 이해하게 되면 허무에 빠지는 것이 아니라 오히려 존재의 역동성에 눈뜨게 된다. 그때 지금 이 순간 속에서 열심히 놀이하게 된다. 그리고 다음 순간에는 다른 놀이로 옮겨 간다.

'나'의 품사는 흐르는 강처럼 순간순간 변화하는 동사이다. 나는 '나의 지난 이야기My Story'가 아니라 이 순간의 '있음I Am'이다. 만약 내가 '시인'이라는 호칭을 존재의 고정된 틀로 지니고 다닌다면 그것은 죽은 명사가 된다. 죽음만이 유일하게 동사가 될 수 없는 고정 명사이다. 내가 시인이라는 것을 전혀 모르는 사람을 만날 때 오히려 나는 자유로움을 느낀다. 오직 모름과 모름일 때 존재와 존재로 마주하는 일이 가능하다. 순수한 있음과 순수한 있음으로.

내 영혼, 안녕한가

여행 갈 때 책을 들고 가지 않는 편이다. '세상이 곧 책'이라서 가 아니라 여행지의 책방에 들르는 것을 좋아하기 때문이다. 델리 와 콜카타의 옥스포드 서점이나 북웜(책벌레), 맨해튼의 스트랜드 북스토어, 도쿄의 준쿠도나 츠타야 서점, 카트만두의 필그림즈(순 례자들) 같은 독특한 책방에서 책을 뒤적이며 하루이틀 보내는 것은 여행의 빼놓을 수 없는 기쁨이다. 내전이 한창이던 스리랑 카의 소도시에서 책방을 만났을 때의 안도감을 잊을 수 없다. 내 가 지금까지 번역 소개한 명상 서적들은 거의 모두 여행지의 서 점에서 발견한 책들이다.

오래된 서점들이 하나둘 사라져 이제는 옷가게나 휴대폰 매장 으로 바뀌었지만, 그 안에서 책장을 넘기던 지난날의 내 모습은 여전히 그곳에 어른거린다. 우리가 잠시라도 시간을 보낸 장소에는 우리 영혼의 일부가 남는다고 소설가 파트릭 모디아노는 『어두운 상점들의 거리』에 썼다. 책에도 혼이 담긴다. 그 책을 쓴 사람과 읽는 사람의 혼이.

지난번 여행 때 델리 칸마켓의 서점에서 산 토머스 무어의 『영혼의 돌봄』은 여행 내내 좋은 독서가 되었다. 안개 때문에 열네 시간 연착한 기차를 기다리는 대합실에서 그 책을 읽은 것 자체가 나에게는 영혼의 돌봄이었다. '영혼의 돌봄'은 말 그대로 영혼을 보살피는 것이다. 몸을 위해 좋은 음식을 먹고 규칙적인 운동을 하듯이 자기 영혼에 자양분을 공급하는 것이다.

10년간 가톨릭 수사로 살기도 한 영성 상담가 토머스 무어는 마음의 문제가 영혼을 돌보지 않는 데서 시작된다고 말한다. 우리는 바디 케어에는 열중하면서 소울 케어는 지나칠 만큼 무관심하다. 무어에게 심리 상담을 받은 사람 대부분이 겪는 고통은 영혼을 돌보지 않아서 생긴 마음의 병이었다. 영혼을 소홀히 하면 의미 상실, 무기력, 관계에 대한 환멸, 자기 비난, 폭력성과 중독 증세가 나타난다. 삶에 생기를 주는 중요한 부분을 잃었기 때문에 영혼이 아픈 것이다.

책에는 이런 일화가 나온다.

어떤 남자가 사랑하는 여자와 다투고 나서 경솔하게 여자를 비난하며 헤어지자는 편지를 보낸다. 편지가 도착하기 전에 남자는 여자에게 전화를 걸어 그 편지를 읽지 말라고 말한다. 여자는 편지를 받는 즉시 남자의 말대로 찢어 버린다. 호기심을 느껴 휴지통에 버린 편지 조각들을 보니 남자가 쓴 글자와 단어들이 보인다. 하지만 여자는 유혹을 이기고 휴지통을 비워 버렸고, 두 사람은 다시 사랑하는 관계로 돌아온다. 둘 다 '영혼의 돌봄'을 선택한 것이다. 플라톤은 영혼의 돌봄을 '삶의 기술'이라 정의했다.

마음에서 문제를 내려놓는 연습도 영혼의 돌봄에 해당된다. 한 목수가 농장 주택 보수하는 일에 고용되었다. 첫날부터 문제가 많았다. 나무에 박힌 못을 밟아 발을 다치고, 전기톱이 고장나 시간이 지체되었다. 낡은 트럭은 시동이 걸리지 않았다. 그날 저녁 사장이 집까지 태워다 주는 동안 조수석에 앉은 남자는 무거운 침묵에 잠겨 있었다.

집에 도착한 남자는 가족을 인사시키기 위해 사장을 잠시 집 안으로 초대했다. 집을 향해 걸어가는데 남자가 작은 나무 옆에서 걸음을 멈추더니 두 손으로 나뭇가지 끝을 어루만졌다. 현관문을 열 때 그의 얼굴은 완전히 다른 사람으로 바뀌어 있었다. 그을린 얼굴이 미소로 밝아졌으며, 달려오는 두 아이를 껴안고 아내에게는 입맞춤을 했다.

다시 차가 있는 곳으로 가기 위해 나무 앞을 지나가면서 호기심을 느낀 사장이 좀 전의 행동에 대해 물었다. 그러자 남자가 말했다.

"아, 이 나무는 걱정을 걸어 두는 나무입니다. 일하면서 문제가 없을 수 없다는 걸 압니다. 하지만 그 문제들을 집 안의 아내와 아이들에게까지 데리고 들어갈 순 없습니다. 그래서 저녁때 집에 오면 이 나무에 문제들을 걸어 두고 들어갑니다. 그리고 아침에 다시 그 문제들을 가지고 일터로 갑니다. 그런데 아침이 되면 문제들이 밤사이 바람에 날아갔는지 많이 사라지고 없습니다.”

사소한 일상의 문제들을 영혼 안으로 데리고 들어가는 습관을 멈춰야 한다. 영혼이 순수한 기쁨과 웃음을 잃기 때문이다. 영혼을 일구고 가꾸는 일은 자신 안에 깃든 영원성에 다가가는 일이다. 우리 영혼의 일부는 시간 속에서 살아가지만 또 다른 일부는 영원 속에 존재하기 때문이다.

만약 누군가가 저 위에서 우리를 내려다본다면 우리는 어떤 삶을 살고 있는 것 같을까? 혹시 우리의 영혼이 우리를 잃어버린 것처럼 보이지는 않을까?

한 남자가 있었다. 그는 일을 아주 많이 하는 사람이었다. 먹고, 자고, 일하고, 가끔 인생이 공허하게 느껴질 때도 있긴 했다. 어느 날, 한밤중에 잠이 깬 남자는 숨이 막힐 것만 같은 기분이 들었다. 자신이 어디에 있는지, 그리고 자기 이름마저 기억나지 않았다. 몸속에 어떤 사람도 없는 것 같은 느낌이었다.

다음 날, 남자를 진찰한 현명한 의사가 말했다.

“당신의 영혼이 주인의 속도를 따라갈 수 없어서 다른 어딘가에 떨어져 있소. 영혼은 당신을 잃었고, 다른 사람들처럼 당신은 영혼을 잃은 거요. 영혼은 그래도 자기가 주인을 잃었다는 걸 알지만, 사람들은 자신이 영혼을 잃었다는 사실조차 모르며 살아가고 있소."

지혜로운 의사는 남자에게 처방을 내린다.

"자기만의 장소를 찾아 그곳에서 당신의 영혼을 기다려야만 하오. 영혼은 아마도 당신이 몇 해 전 갔던 어느 장소로 당신을 찾으러 오는 중일 것이오. 기다리는 데 시간이 좀 걸릴지도 모르오. 이것말고는 내가 처방해 줄 약은 없소."

그래서 남자는 그렇게 했다. 도시 변두리, 자신이 좋아하는 장소로 가서 의자에 앉아 기다렸다. 다른 일은 아무것도 하지 않고서. 많은 날들이, 몇 주가, 몇 달이 지나고, 보이지 않는 궤도를 따라 계절들이 바뀌어 갔다.

어느 오후, 인기척이 나더니 그의 앞에 그가 잃어버린 영혼이 서 있었다. 지치고, 지저분하고, 상처 입은 채로 서서 영혼은 숨을 헐떡이며 말한다.

"드디어!"

폴란드의 소설가 올가 토카르축과 그림 작가 요안나 콘세이요가 함께 만든 책 『잃어버린 영혼』에 나오는 이야기이다.

영혼의 돌봄에는 명상이나 독서뿐 아니라 여행, 예술 활동, 자연과 가까워지는 일도 포함된다. 건강한 음식, 만족스러운 대화, 기억에 남을 뿐 아니라 감동을 주는 경험들도 영혼에 자양분을 선물한다. 또한 예술 감각을 갖는 것, 예를 들어 차 한 잔을 마시는 것과 같은 평범한 행위를 예술 감각으로 수행하는 것은 영혼을 성장시킨다. 예술은 세계를 더 심층적으로 보게 하기 때문이다. 예술적인 삶은 물건을 살 때도 영혼을 지니고 선택한다. 영혼의 돌봄은 쇼핑몰을 돌아다니는 대신 숲을 거닐기로 결정하는 것일 수도 있다.

한 스승에게 어떤 사람이 찾아와 자신의 가슴속에 오랫동안 고여 온 슬픔에 대해 말한다. 다 듣고 나서 스승은 그녀에게 둥글게 말린 스펀지 하나를 주며 강에 가서 물속에 넣어 보라고 한다. 그 사람이 그것을 강물에 넣는 순간 스펀지가 물을 흡수해 펼쳐지며 그 안에서 작은 물고기가 헤엄쳐 나왔다고 한다. 그동안 스펀지의 물을 빨아들이며 간신히 살아 있던 물고기가 마침내 강을 만나 생명을 얻은 것이다. 이 물고기처럼 메마른 영혼에게 맑고 신선한 물을 제공하는 것이 영혼의 돌봄이다.

우리는 새로운 세계에 살고 있지만 우리 자신이 얼마나 오래된 영혼인지 모른다. 영혼을 돌본다는 것은 자신의 내적 삶에 관심을 갖는 것이다. 그리고 자신이 영혼을 가진 육체가 아니라 육체를 가진 영혼임을 아는 것이다.

다시 만난 기적

작업실 마당에 황매화를 심었더니 그때 따라온 듯했다. 노란 꽃이 필 무렵 연두색 여치 한 마리가 옷깃에 날아와 앉았다. 나도 놀라고 여치도 놀랐다. 더듬이마저 연약한 어린 여치였다.

그렇게 우리는 가끔씩 마주쳤다. 무엇을 먹고사는지, 짝은 있는지 궁금해 그 한해살이 곤충의 행방을 기웃거리곤 했다. 초록색 줄기로 위장한 겹눈과 마주치면 반가웠다. 어느새 탈피를 했는지 뒷다리의 갈퀴도 날카로운 어엿한 여치로 성장해 있었다.

곤충도감을 찾아보니 긴날개여치였다. 귀가 1밀리미터도 안 되지만 각각의 여치들이 내는 소리와 박쥐가 먹이를 사냥할 때 내는 초음파를 분간할 수 있다고 적혀 있었다. 풀잎에 앉아서도 수소 원자의 반지름에 해당하는 진동까지 느낀다고 한다.

그때 더 놀라운 일이 일어났다. 마당 의자에 앉아 도감을 읽고 있는데 여치가 날아와 손등에 앉은 것이다. 칼 융이 말한 동시성이었다.

융이 어느 날 진료실에서 정신장애 환자와 고대 이집트인들이 신성시한 투구풍뎅이에 관한 이야기를 나누고 있었다. 그 환자가 꿈에서 누군가로부터 투구풍뎅이 모양의 보석을 선물 받은 것이다. 환자가 꿈 이야기를 하고 있을 때 무엇인가가 등 뒤의 창문을 두드렸고, 소리 나는 곳을 돌아보니 황금색 곤충이 유리창에 몸을 부딪치고 있었다.

융이 창문을 열어 주자 풍뎅이 한 마리가 안으로 날아 들어왔다. 잡아서 살펴보니 환자가 말한 투구풍뎅이와 비슷하게 생긴 그 지방의 토종 풍뎅이였다. 융은 이 우연한 사건을 '동시성'이라 명명하고 연구를 계속해, 이런 동시적 사건들이 단순한 우연이 아니라 현실 너머의 또 다른 현실에서 서로 연결되어 일어나는 현상이라고 결론 내렸다.

이 여치는 내가 모르는 다른 현실의 질서와 연결되는 법을 아는 걸까? 나는 어떻게 말을 걸어야 할지 몰라 손등의 여치를 바라보았다. 여치는 조금씩 기어올라 와 옷소매에서 멈췄다. 그러고는 두 개의 더듬이를 이리저리 움직이며 이렇게 말하는 시늉을 했다.

"나는 그 책 속에 있지 않아요. 나는 여기에 있어요. 나를 알려면 당신과 내가 몸을 바꿔야만 해요. 당신이 내가 되어야만 해요.

날개를 그리는 것과 실제로 하늘을 나는 것은 다르잖아요."

그 순간 여치와 나 사이에 무엇인가가 오갔다. 나는 손가락 끝으로 부드럽게 여치의 날개를 어루만졌다. 그리고 여치의 충고에 따라 여치의 몸속으로 미끄러져 들어갔다. 여치의 긴 뒷다리와 연초록 날개가 내 것이 되었다. 잠깐이지만 여치의 눈으로 둥근 세상을 보았다. 그러고 나서 여치는 휙 하고 날아갔다.

'다른 사람이 보지 못하는 사물을 누군가는 볼 수 있는 이유는 그 사람한테 나타나 보이고 싶은 그 사물의 소망 때문'이라는 말이 있다. 내가 좀 더 크고 복잡한 골격과 신경망을 소유하고 있을 뿐, 자신과 나의 존재가 많이 다르지 않음을 알려 주기 위해 여치는 날아왔는지도 모른다.

어떤 날은 여치가 방충망에 앉아서 집 안의 나를 들여다보았다. 마치 전생의 내가 현생의 나를 응시하는 것처럼. 내가 해독할수 없는 어떤 할 말이 있는 듯했다. 그리고 여름부터 가을까지 밤마다 내 창가에서 치르르 치르르 울었다. 세계 전체가 어떤 가르침들의 끝없는 그물망이라는 말을 증명하듯이.

이런 일화가 있다. 한 스승과 제자가 이야기를 하고 있는데, 스승의 수염 속으로 벌이 날아들었다. 그 모습을 보고 제자가 놀라자 스승이 조용히 말했다. 그 벌은 영적 세계에서 메시지를 가지고 지금 우리를 찾아오는 것이라고. 그 후 제자는 주의 깊게 살피고 귀를 기울이기 시작했다. 그리고 마침내 알게 되었다. 스승이

자신을 방문하기 전에는 항상 벌이나 나비와 같은 곤충이 날아
온다는 사실을.

어느 날인가, 마당에 서리가 내리기 전이었는데 낙엽 위에 여치
가 앉아 있었다. 더듬이에 힘이 없고 앞다리 두 쌍이 오므라져 있
었다. 손바닥에 올려놓아도 미동조차 하지 않았다. 도시 한복판
에서 만나 정을 나눴는데 너무 일찍 작별한 것이다.

황매화 밑, 부패와 분해가 일어나고 있는 낙엽 위에 내려놓자
여치가 나지막이 속삭인다.

"나는 죽은 게 아니에요. 지금 나는 죽은 체하는 거예요. 봄이
되면 다시 올 거예요."

여치가 옳을지도 모른다. 살아 있는 모든 것은 때가 되면 죽은
체하는 것인지도. 내가 어린 시절을 보낸 시골 마을에 한 남자가
있었는데, 그는 자신의 무덤터를 미리 정해 놓고 수시로 그곳에
가서 누워 있곤 했다. 그래서 그가 실제로 죽어 그 자리에 묻힌
뒤에도 나는 그가 죽은 체하고 있는 것일지도 모른다는 생각이
들었다.

사실 우리는 어디로도 가지 않는다. 언제나 이곳에 있다. 여치
로, 인간으로 몸을 바꿔 가면서. 여치와의 만남 이후, 너무 일찍
육신을 떠난 나의 첫 번째 영적 스승을 생각하며 나는 말하곤
한다.

"구루지, 당신은 죽은 체하고 있는 거죠?"

그의 눈 큰 사진을 들여다보면 어떤 때는 정말로 죽은 체하고 있는 것이라는 느낌이 든다. 다른 스승들도, 3년 전에 세상을 떠나신 어머니도 마찬가지다. 나와 함께 열네 해를 살다가 며칠 전에 죽은 강아지 궁금이도.

"궁금아, 넌 지금 죽은 체하고 있는 거지? 나를 아주 떠난 건 아니지?"

궁금이는 울먹이는 나를 마지막으로 한번 바라보고는 영영 고개를 떨어뜨렸다. 그리고 무한 속으로 여행을 떠났다. '그래요, 이 끝없는 순환 속에서 다시 돌아오기 위해 잠시 죽은 체할 뿐이에요……' 하고 속삭이며.

내가 이 글을 문학적으로 쓰지 않았기를 바란다. 나는 죽음을 시적으로 보려는 것이 아니다. 우리가 탄생과 죽음이라 부르는 것은 형태의 변형에 불과하다는 여치의 메시지를 전하고 싶은 것이다. 변형이 아니라면 무엇이 우리를 절박한 마지막으로 데려간단 말인가?

그렇게 까맣게 잊고 있다가 올해 초여름 마당으로 나가는데 황매화 덤불 사이를 가로지르는 연초록 날개가 눈에 띄었다. 놀랍게도 긴날개여치였다! 그렇게 우리는 기적처럼 다시 만났다. 누가 아는가? 다음에는 여치가 장발을 한 나로, 내가 연초록 날개를 가진 여치로 만나는 기적이 또다시 일어날지.

나는 아직 죽을 준비가 되어 있지 않다. 하지만 삶을 신뢰하는 것처럼 죽음을 신뢰하는 법을 배우는 중이다. 영원한 작별은 없을 것이다. 따라서 내가 죽을 때가 되면 나에게 "잘 가라."고 말하지 말아 달라. 내가 이곳을 두고 어디로 가겠는가? 마지막 순간에 누가 이렇게 말해 주기를 나는 바란다. "류시화는 지금 죽은 체하고 있는 것."이라고. 그럼 나도 여치처럼 죽은 체 위장하고 떠날 것이다.

추구의 여정에는 두 가지 잘못밖에 없다. 하나는 시작조차 하지 않는
것이고, 또 하나는 끝까지 가지 않는 것이다. 어떤 길을 가든 그 길과
하나가 되라. 길 자체가 되기 전에는 그 길을 따라 여행할 수 없기

4

때문이다. 미국 시인 찰스 부코스키는 썼다. "무엇인가를 시도할 것이라면 끝까지 가라. 그러면 너는 너의 인생에 올라타 완벽한 웃음을 웃게 될 것이다. 그것이 세상에 존재하는 가장 훌륭한 싸움이다."

어떤 길을 가든 그 길과 하나가 되라

대학 시절, 자취방 얻을 돈이 없을 때면 학교 숲에서 밤을 새우곤 했다. 비가 내리거나 추운 날은 문리대 휴게실 창문을 넘어 들어가 커튼을 뜯어 덮고 잔 뒤, 아침 일찍 다시 걸어 놓고 나왔다. 자연히 몰골이 말이 아니었다. 장발에 수세미머리를 하고 다니기 시작한 것도 이때부터였다. 신발 밑창이 떨어져 걸을 때마다 펄럭이고, 밤의 한기를 견디기 위해 여름에도 검정 바바리코트를 입고 다녔다.

누가 봐도 학생의 모습이 아니었다. 자존심 때문에 사정을 밝히지 않아서 오해를 많이 받았다. 문학한다는 핑계로 일부러 지저분하게 하고 다닌다고 공개적으로 지적하는 '문학하는' 교수도 있었고, 정신이상자라고 멀리하는 학생들도 있었다. 그중에서도 나를 특히 못마땅하게 여긴 국문과 선배가 있었는데, 그는 늘 깨끗한 와이셔츠에 넥타이를 매고서 회사원처럼 서류 가방을 힘껏 쥐고 다녔다. 그러다가 손에 쥐가 나지 않을까 염려될 정도였다. 그의 눈에 내가 현실부정적이고 퇴폐적인 데카당스로 보인 건 당연한 일이었다.

그는 마주칠 때마다 훈계를 늘어놓았고, 나는 일부러 눈의 초점을 가운데로 모으고서 그를 쳐다보았다. 내 눈에는 그가 보들레르나 랭보의 시조차 읽어 본 적 없는 위선적인 계몽주의 추종자로 보였다. 그가 편집장으로 있는 대학신문이 나에 대해 '목련꽃 만발한 아름다운 캠퍼스의 봄을 흐려 놓는 거지'로 매도하는 기사를 실었을 때 그와 나의 악감정은 극에 달했다. 톱을 들고 가서 학생신문사의 책상을 반으로 자르려고 했지만, 문학 외적인 것에 허투루 힘을 낭비하고 싶지 않아서 그만두었다. 그냥 데카당스답게 입으로 머리카락을 후후 불어 넘기며 다녔다.

이후 졸업할 때까지 그와 나는 한마디도 섞지 않았다. 우리는 서로에게 투명 인간에 불과했다. 그는 대학원을 다녔고, 나는 졸업 즉시 뒤돌아보지 않고 학교를 떠났다. 그가 석박사 학위를 따는 동안 나는 인도의 먼지 날리는 길을 돌아다녔고, 그가 문학평론가로 등단하고 모교의 국문과 교수가 되었을 때 나는 히말라야 골짜기를 염소떼와 함께 걷고 있었다. 그와 나는 삶의 길뿐만 아니라 영혼이 다른 사람이었다.

20년이 흘러 한 문학지에서 나의 시 세계를 다루는 특집을 마련했고, 좌담회의 질문자로 그가 나왔다. 세월이 서로에 대한 앙금을 지운 후였다. 좌담회가 끝나고 그와 단둘이 마주앉은 자리에서 내가 문득 그에게, 학생 시절에 매일 양복에 넥타이 차림으로 다닌 이유를 물었다. 그는 뜻밖에도 너무 가난했기 때문이라고 대답했다. 학비가 없어 장학금을 받기 위해 어떻게든 대학신문사 편집장으로 일해야 했으며, 그래서 항상 단정한 복장을 해야만 했다고 말했다. 자취방을 얻을 수 없어 신문사 사무실에서 잠을 잤다고 덧붙였다.

그도 내가 그 시절 잘 곳이 없어서 벚꽃 휘날리는 봄날의 캠퍼스를 노숙자처럼 하고 다닌 것을 알고 웃음을 터뜨렸다. 나도 함께 웃었다. 그와 나는 같은 사람이었던 것이다. 우리는 영혼이 다른 것이 아니었다. 방식이 달랐을 뿐, 우리 둘 다 자신이 처한 상황에서 최선의 몸짓을 다한 것이다. 그는 그대로 학생신문사 책상 위에서 웅크리고 자고 나는 나대로 휴게실 커튼을 덮고 자면서. 우리의 지향점은 다르지 않았다. 삶에 대한 추구와 갈망이 내면에 있었다면 나는 나의 방식대로, 그는 그의 방식대로.

한 구도자가 참나를 찾아 길을 떠났다. 돌을 뒤집어 보고, 나뭇가지를 흔들어 보고, 꽃을 들여다보면서 여정에서 만나는 모든 것을 확인했다. 그러면서 '이것도 내가 아니다. 저것도 내가 아니다.'라고 하나씩 부정해 나갔다. 강과 바다, 번개와 폭풍우, 거대한 산도 내가 아니었다. 변화하는 현상에 불과한 것들은 궁극적인 참나가 아니기 때문이다.

이름도 명예도 지위도 참나가 아니었다. 세속적인 일들과 감각적인 경험도 참나가 아니었다. 세상 곳곳을 여행하며 확인한 끝에 그는 눈에 보이는 모든 것이 실체가 없는 환영에 불과함을 알았다. 그것을 깨닫는 순간 머리를 젖히고 하늘을 향해 웃었다. 무엇이 참나가 아닌지 깨달음으로써 무엇이 참나인지 안 것이다.

또 한 명의 구도자가 참나를 찾아 길을 나섰다. 그의 눈에는 마주치는 모든 것이 그 자신이었다. 코끼리도 자신이고, 코끼리 위에 타고 가는 원숭이도, 원숭이를 보고 소리 지르는 앵무새도, 그 앵무새를 어깨에 얹고 가는 사람도 자신이었다. 산이든 강이든 들판이든 자신과 연결되지 않은 것은 아무 데도 없었다.

'이것도 나이다. 저것도 나이다.'라고 세상 끝까지 확인해 나가다 보니 자신이 아닌 것은 단 한 가지도 발견할 수 없었다. 그것을 깨닫는 순간 머리를 젖히고 별들을 향해 웃었다. 모든 것이 나 자신임을 확고하게 긍정함으로써 무엇이 참나인지 안 것이다.

한 사람은 자기답지 않은 것들을 하나씩 지워 가며 '나다움'의 자화상을 완성해 나가고, 또 한 사람은 새로운 발견들로 밑그림을 채우며 '나다움'의 자화상을 그려 나가면서, 두 사람 모두 참자아를 찾아 나가는 여정을 한 것이다.

첫 번째 구도자의 길을 고대 베단타 철학에서는 '네티, 네티(아니다, 아니다)', 즉 부정의 길이라 부른다. 두 번째 구도자의 길은

'이티, 이티(그렇다, 그렇다)', 즉 긍정의 길이다. 두 길은 다르게 보이지만 사실은 같으며, 동일한 목적지에 이른다.

추구의 여정에는 두 가지 잘못밖에 없다. 하나는 시작조차 하지 않는 것이고, 또 하나는 끝까지 가지 않는 것이다. 붓다는 어떤 길을 가야 하는지 묻는 제자에게 말했다.

"어떤 길을 가든 그 길과 하나가 되라."

길 자체가 되기 전에는 그 길을 따라 여행할 수 없기 때문이다. 긍정의 길이든 부정의 길이든 자신이 선택한 길과 하나가 되어 묵묵히 가라는 것이다. 그러면 길이 끝나는 곳에서 모든 길과 만나게 된다는 것이다.

미국 시인 찰스 부코스키는 썼다.

"무엇인가를 시도할 것이라면 끝까지 가라. 그러면 너는 너의 인생에 올라타 완벽한 웃음을 웃게 될 것이다. 그것이 세상에 존재하는 가장 훌륭한 싸움이다."

순우리말

네팔 서부 산악 지대를 트레킹하던 중 민가에 들어가 음식을 청한 적이 있다. 그렇게 하는 것이 현지인들의 삶을 더 잘 체험할 수 있기 때문에 종종 그렇게 해 왔다. 집주인의 특별한 사정이 아니면 거절당한 경우가 드물며, 산비탈에 세워진 전통적인 농가에서 숙박한 적도 여러 번이다.

이 집에서도 서툰 네팔어로 짐짓 유창하게 인사를 나눈 후 땀에 젖은 배낭을 흙바닥에 내려놓았다. 그때 그 집 할머니가 분주히 집 모퉁이를 돌아가길래 "허줄 아마, 카하 자누 훈처(할머니, 어딜 가세요)?" 하고 내가 물었다. 그러자 할머니가 "물!" 하고 소리쳤다. 무슨 뜻인지 몰라 어리둥절해 하자, 영어를 할 줄 아는 할머니의 손녀 삼자나가 집 뒤의 약수터로 '물'을 뜨러 가는 것이라고 일러 주었다.

네팔 할머니가 어떻게 '물'이라는 한국어를 아는지 궁금해서, 가족 중에 한국에서 일하고 온 사람이 있느냐고 묻자, 그렇지 않다는 답이 돌아왔다. 네팔어로 물은 '파니'인데, 그 가족이 사용하는 구룽족 방언으로는 '마시는 좋은 물'은 '물'이라고 한다는 것이었다. 뜻밖의 사실에 놀라지 않을 수 없었다.

시를 쓰고 국어국문학을 전공한 나는 우리의 고유어에 해당하는 '순우리말'에 대한 인식이 강하다. 글을 쓸 때도 될 수 있으면 한자어보다 순우리말을 사용하려고 의식적으로 노력한다. 예를 들어, 내가 시 속에 '꽃이 피다'라고 쓸 때, '꽃'과 '피다'는 순우리말이다. 그런데 꽃이 완전히 피기 전, 이제 막 피기 시작한 상태를 네팔어로 '꼬필라'라고 한다는 걸 알았을 때 얼마나 놀랐겠는가? 그리고 꽃은 힌디어와 네팔어로 '풀'이다.

인도인 친구 집에 머물 때의 일이다. 내가 '가위'가 필요하다고 하자 마음씨 고운 친구의 아내가 '가이치' 하며 건네주었다. 친구의 아들 디피얀은 방 안에 쥐가 나타나자 '주이, 주이' 하며 '자루(빗자루)'를 들고 쫓아다녔다. 쥐가 어디로 갔느냐고 물었더니 '바하르' 하며 '바깥'을 가리켰다. 그리고 옆집의 뚱뚱한 여자아이를 '뚠뚠이'라고 놀렸다. 디피얀은 똑똑해서 학교에서 '우떰(으뜸)' 가는 학생이다. '페르(발)'는 크지만 키가 아직 '초타(작다)'.

만약 당신이 힌디어를 이제 막 배우기 시작한다면, 의문문에 순우리말 의문형 어미인 '까'를 붙여야 한다는 걸 알게 될 것이다. 또 만약 당신이 남인도로 간다면 처음 듣는 타밀어(고대의 드라비다어)에 자못 놀랄 것이다. 그들의 언어에서 '나'는 '난'이고, '너'는 '니'이다. '엉덩이'는 '궁디'이고, '귀'는 '귀'이며, '언니'는 오빠의 아내, '아가씨'는 '아카치'이다. '몽땅'은 '모땀'이고, '우람'은 '우람', '놀이'는 '노리'이다. 우리말과 흡사한 힌디어, 타밀어를 수집하면 두툼한 논문이 될 정도이다. '날'은 '날', '쌀'은 '소루', '뱀'은 '밤부', '반갑다'는 '반나깜'이다. 한국어를 전혀 배운 적 없는 남인도인이 '나누 그런 거 모린다(나는 그런 것 모른다)'라고 말하는 걸 들으면 놀라 자빠지지 않겠는가?

힌디어에서 '불'은 '아그' 또는 '아그니'이다. 순우리말의 '아궁이'를 떠올리면 쉽게 외울 수 있다. 붓다가 왕자로 살던 지역에서 고품질 '쌀'을 가리키던 단어는 '살리'였다. 그리고 요가의 한 종류인 '하타 요가'의 '하'는 산스크리트어로 해이고 '타'는 달을 의미한다. 해와 달, 음과 양의 조화를 뜻한다.

태국 고산지대를 여행하던 중 어느 촌장 집에 묵었는데, 촌장이 자러 간다길래 '잠을 자다'가 그들의 언어에서 무엇이냐고 묻자 '드러눌라'라고 말해서 나를 쓰러뜨렸다. 한번은 공항에서 이란 아이에게 "몇 살이니?" 하고 묻자 아이는 "세 살." 하고 대답했다. 힌디어로도 나이는 '살'이다.

한 언어는 세상의 다른 언어들과 거대한 그물망 안에서 출렁이며 만들어진다. 다른 나라의 언어들을 하나씩 배워 가면서 나는

'순우리말'에 대한 주장이 허구에 가깝고 자기중심적이라는 것을 깨닫게 되었다. 나아가 이 관찰은 '나의 고유의 것'에 대한 의구심으로 확대되었다. 나는 '내 생각', '내 마음', '내 자아'라는 말을 당연하게 쓰는데, 과연 그것이 정말로 '내 고유의 생각'이고 '내 고유의 마음'이며 '나만의 고유한 자아'일까?

생각은 언어만큼이나 쉽게 전염된다. 마음이라는 공간 안에 담겨 있는 '나의 고유의 생각'들은 수많은 '타인의 생각'들과 혼합되어 있다. 따라서 내가 어떤 생각들과 나를 동일시하면서 '이것은 나야'라거나 '이것은 내가 아냐'라고 말할 때, 그것은 어디까지 참일까? 혹시 외부와 상호작용하면서 시시각각 변화하는 '나'인데도 내가 마음이라는 공간 안에 가상의 고정된 나를 만들어 놓고 집착하는 것은 아닐까? 이 자기 착각은 가장 알아차리기 어렵다.

우리에게는 '나'를 유지하기 위해 내 언어, 내 생각, 내 존재가 다른 것들과 분리된 고유의 것이라는 고집스러운 전제가 있는 듯하다. 그 전제마저도 과거로부터, 타인들로부터 배운 것인데도. 만약 실제로는 모두 연결되어 있고 동일하기까지 한 언어와 생각과 마음의 내용물들을 모두 제외시킨다면, '나'는 어디에 있는 걸까? 그 나는 '고유의 나'일까? 그렇다면 붓다는 왜 '고유의 나'는 존재하지 않으며 우리는 단지 세상 만물에 서로 의존하고 있을 뿐이라고 그토록 강조했을까?

내가 믿는 '고유의 나'는 다른 인간은 물론 존재하는 모든 것들

속에 내재해 있는 본질과 확연히 다른 것일까? 우리의 '나'가 서로 다르지 않음을 어떻게 하면 알아차릴 수 있을까? 예를 들어, 인도에서는 '나마스테' 하고 인사하는데, 그것은 '내 안의 신이 당신 안에 있는 신에게 경배합니다.'라는 뜻이다. 그럼 이 두 신은 다른 신인가?

그렇다면 '나'에 대한 글을 쓰고 있는 이 '나'는 누구일까? 이 글을 읽는 '너'와 다른 '고유의 나'일까? '고유의 나'는 정말로 존재하는가? 순우리말인 '글'마저도 그리스어에서 글을 쓰거나 선을 긋는다는 단어의 어원인 '그르, 그라'와 뜻과 발음이 같다. 낯선 사유는 즐겁다.

그 네팔 할머니는 '물'을 떠 온 후 나를 위해 점심을 준비하면서 밭의 나물을 뜯어 와 무치기 시작했는데, 내가 호기심에서 무엇을 하느냐고 묻자 '무츠누'라고 말했다. 그러면서 '밧(밥)'을 '펫(배)' 불리 먹으라고 권했다.

원숭이를 생각하지 말 것

한 남자가 몇 달 동안 명상 수련을 했지만 끝없이 밀려오는 사념과 씨름할 뿐 결과를 얻지 못했다. 그래서 이름난 스승을 찾아가 명상 비법을 가르쳐 달라고 부탁했다.

스승이 말했다.

"방법은 간단하다. 아무것도 하지 말고 앉아 있기만 하면 된다. 단, 절대로 원숭이를 생각하지 말아야 한다."

남자는 기뻐하며 그 조언대로 명상을 시작했다. 그가 사는 동네에는 원숭이가 있지 않을뿐더러 실제로 원숭이를 본 적도 몇 번 없었다. 원숭이를 생각하지만 않으면 된다니, 이보다 쉬운 방법이 없었다. 그런데 눈을 감자마자 첫 번째로 떠오른 것은 원숭이였다! 생각하지 않으려고 할수록 더 나타났다.

며칠 후, 남자는 거의 미치기 직전이 되어 스승을 찾아가 애원했다. 제발 자기 머릿속 원숭이를 없애 달라고.

그러자 스승이 말했다.

"방법은 간단하다. 명상할 때 오직 원숭이만 생각하라."

남자는 이제 그것만큼 쉬운 일은 없다고 기뻐하며 돌아왔다. 그러나 눈을 감고 앉아 원숭이를 생각하려고 하자 금방 닭이나 소, 오리 등 다른 잡념이 끼어들었다. 마음을 다지고 다시 원숭이에 집중하려고 해도 불가능했다.

생각은 억압할수록 더 강해진다. 집 앞을 지나가는 행인들 중 어떤 이는 환영하고 어떤 이는 못 지나가게 하는 것과 같다. 그렇게 되면 행인들과 다투느라 이내 지쳐 버린다. 생각이 오고 가는 대로 자연스럽게 지켜볼 때 비로소 명상이 가능하다는 것을 스승은 보여 준 것이다.

나 역시 처음 명상 수련을 할 때 가장 힘들었던 것이 생각과의 싸움이었다. 몸의 자세는 수십 년 수행한 사람과 맞먹었지만, 일 분도 지나지 않아 사념들이 원숭이 떼처럼 밀려왔다. 가장 많이 든 생각은 '지금 내가 뭘 하고 있지?'라는 의구심이었다. 뒤이어 또 다른 생각이 꼬리를 물었다.

'자, 등을 곧게 펴고 생각을 지켜보자.'

'과거와 미래로 달려가지 말고 이 순간에 집중하자.'

'호흡은 가능한 한 길게. 들숨……, 날숨……..'

'밥을 먹고 시작할 걸 그랬나? 벌써 배가 고픈데.'

'저녁에는 고구마를 쪄 먹어야겠어.'

'이런, 그새 잡념이 끼어들었군. 넌 다시 호흡으로 돌아가야 해. 저녁에 뭘 먹을지는 그때 가서 생각하고.'

'그런데 왜 나는 나를 너라고 부르는 거지?'

'밖에서 들리는 저 소린 뭘까? 고양이가 새를 잡았나?'

'다리에 쥐가 날지도 몰라. 벌써부터 피가 안 통하는 것 같아.'

'이런 명상이 과연 효과가 있을까?'

'그런데 우화 속 스승은 왜 하필 원숭이를 생각하지 말라고 했을까? 원숭이와 명상이 특별한 관계가 있나?'

겉으로 보기에는 사마디(한 가지 대상에만 정신을 집중한 경지)에 든 사람 같았지만, 고구마에서부터 원숭이에 이르기까지 온갖 생각이 줄을 이었다. 시간을 허비하고 있다는 조바심, 의지가 약한 자신에 대한 책망, 혹시 다 거짓이 아닐까 하는 의심, 정신이 이상해질지도 모른다는 망상까지 들었다.

한 명상 잡지에 오늘날 서양을 대표하는 명상 교사들의 고백이 실린 적이 있다. 라이프 코치이며 영적 카운슬러인 크리스틴 해슬러는 처음 명상 수련할 때를 기억하며 말한다.

"아무리 해도 생각을 중지시킬 수 없어서 계속 나 자신을 '형편없는 수행자'라고 비난했다."

언플러그 명상 설립자 수지 얄로프 슈와르츠는 말한다.

"명상하는 동안 가만히 앉아 있을 수 없었고, 지루해서 견딜 수 없었다. 시간 낭비라는 생각만 들었다."

유명한 마음챙김 명상 교사 데이비드지도 말한다.

"명상 수행 중에 마음속에 잡념이 떠오를 때마다 손을 들면 명상 교사가 와서 커다란 대나무 막대기로 내 등을 때렸다. 그래서 2주 만에 그만두었다."

다음은 명상 전문가 린 골드버그.

"나는 계속 '얼마나 더 해야 하지?' 하는 생각을 멈출 수 없었다. '얼마나 더?'가 나의 만트라였다. 내 마음은 여기저기 뛰어다니는 원숭이 같았으며, 할일부터 시작해 엉치뼈의 통증, 자기비판까지 끝없는 목록을 오갔다."

독자적인 요가법을 창시한 브렛 라킨도 고백한다.

"종아리와 발이 가장 고통스러웠으며, 등은 칼로 찌르는 것처럼 아팠다. 그런 와중에도 잠에 곯아떨어졌다."

여러 대학에서 명상을 가르치는 로드로 린즐러는 "명상을 하려고 앉아 있으면 움직이고 싶어서 좀이 쑤셨다. 돌아다니고 싶은 마음밖에 없었다."라고 실토하고, 배우이며 명상 교사인 제프 코버는 "눈을 감고 고요해지려고 할수록 생각이 더 시끄러워졌다. 아무리 해도 마음을 조용히 시킬 수 없었다."라며 웃는다.

통찰명상 공동체 설립자인 타라 브랙도 말한다.

"나는 항상 내 명상이 더 나아져야 한다고 자책했으며, 나 자신이 부족하고 불완전하다고 판단했다. 그래서 명상의 목적과 반대로 더 긴장했으며 현재의 순간을 감사히 여기지 못했다."

그런데 이들은 어떻게 세계적인 명상 전문가가 되었는가?

답은 간단하다. 생각과 회의와 의심과 싸우면서도 포기하지 않은 것이다. 티베트 불교의 욘게이 밍규르 린포체는 말한다.

"수행이 잘되든 안되든 상관없다. 중요한 것은 명상하려고 하는 의지이다. 그것만으로 충분하다."

이 글을 원숭이에 대한 것으로 시작했으니 원숭이 이야기로 끝맺는 것이 좋을 듯하다.

4월부터 8월까지 인도는 망고 시즌이다. 이때가 되면 생의 우울을 날려 버릴 만큼 달고 맛있는 망고들이 시장에 쏟아져 나온다. 인도를 대표하는 열매답게 망고는 동인도 아삼 지역이 원산지로, 기원전 2천 년 경부터 재배되었다. 생산지에 따라 100종류가 넘으며, 맛에 다양한 차이가 있다. 어떤 망고는 노랗게 익었을 때가 제맛이지만 초록색일 때가 맛있는 망고도 있고, 장미처럼 붉은색 뺨을 한 굴랍 카스 망고도 있다.

어느 마을에 망고 과수원이 있었다. 여름이면 망고가 주렁주렁 열렸다. 망고가 익기를 기다리는 것은 과수원 주인만이 아니었다. 건너편 밀림에 사는 원숭이들도 간절하긴 마찬가지였다. 드디어 첫 망고가 가지 끝에서 황금색을 빛내자 원숭이들은 더 이상 참지 못하고 과수원으로 몰려갔다.

신이 준 달콤한 과일을 놓고 인간과 원숭이의 전쟁이 시작되었다. 과수원 주인들은 원숭이가 망고 나무에 접근하는 즉시 돌을 던졌고, 곳곳에서 원숭이들의 비명이 울려 퍼졌다. 머리에 피를 흘리는 원숭이도 있고, 망고를 움켜쥐고 달아나다가 돌을 맞고 추락하는 원숭이도 있었다.

이것이 4천 년 동안 망고 나무가 있는 곳이면 어디서나 되풀이되어 온 일이었다. 그리고 4천 년 만에 처음으로 이 문제를 토론하기 위해 밀림 속 원숭이들의 회의가 열렸다. 우두머리 까삐(산스크리트어로 '원숭이'라는 뜻)가 말했다.

"더 이상 수모를 당할 수만은 없다. 우리는 하누만(원숭이 형상을 한 신)의 후예들이고, 태초에 히말라야에서 약초를 가져다 인간들의 상처를 치료해 준 것도 우리들이다. 그런데 지금의 처지를 보라. 인간의 조상인 우리가 망고 몇 개 따 먹는다고 돌팔매질을 당하지 않는가. 어떻게 하면 좋을지 의견을 말해 보라."

머리 좋은 원숭이 깔루('까맣다'는 뜻)가 제의했다.

"우리에게 필요한 것은 우리 자신의 망고 나무를 갖는 일이다. 그렇게 되면 인간들의 방해 없이 마음껏 망고를 따 먹을 수 있을 것이다. 망고 나무가 망고 열매 안에 있는 씨앗에서 나온다고 들었다. 인간들은 그 씨앗을 땅속에 심으며, 거기서 망고 나무가 자란다고 한다. 과수원에서 망고를 하나 훔쳐다가 그 씨앗을 이곳에 심자. 그러면 우리의 망고 나무를 가질 수 있다."

모두 흥분해 박수를 쳤다. 우두머리 원숭이가 말했다.

"방법은 그만큼 간단하다. 마음만 먹으면 언제든 불행한 삶에서 벗어날 수 있다. 이제 우리는 원숭이 역사상 최초로 우리 자신의 망고 나무를 갖게 될 것이다!"

가장 젊고 날쌘 원숭이가 망고 과수원으로 파견되었다. 그는 다른 원숭이들이 과수원 주인의 시선을 분산시키는 사이 큰 망고 하나를 따서 나는 듯이 돌아왔다.

성스러운 의식을 치르듯 원숭이들은 양지바른 땅에 구멍을 파고 그 안에 망고 씨앗을 넣었다. 그런 다음 공들여 흙을 덮고, 둥글게 모여 앉아서 기다렸다.

반나절이 흘러도 나무가 솟아날 기미가 보이지 않았다. 원숭이들은 당황했다. 기대에 찬 만큼 시간이 더디게 흘러갔지만 망고를 마음껏 따 먹을 희망에 그 정도의 기다림은 견딜 수 있었다.

하루가 지났으나 아무 소식이 없었다. 어린 원숭이들은 참을성을 잃고 돌아다녔다. 또다시 하루가 가고 이틀이 지나도 흙은 잠잠했다. 어른 원숭이들도 가슴팍을 긁으며 자리를 이탈하기 시작했다. 무엇인가 잘못된 게 분명했다. 한 원숭이가 불평했다.

"더 이상 기다릴 수 없어. 과수원에는 망고들이 주렁주렁 매달려 있는데, 여기서 아무 소득 없이 땅바닥만 바라보고 있다니 어리석은 짓이야. 이러다 망고 철이 끝나면 일 년을 기다려야 해. 돌멩이 몇 개 맞는 게 대수야? 삶이란 원래 그런 거야. 고통 속에 맛보는 단맛이 진짜 달콤한 거라고."

모두가 박수를 치자 우두머리 원숭이가 소리를 질렀다.

"인내심을 가져야지! 원숭이들이 왜 이렇게 사는지 알아? 바로 인내심 부족 때문이야. 우리 자신의 망고 나무를 가지려면 적어도 5일은 기다려야 해."

5일이 지나도 변화가 없긴 마찬가지였다. 한 원숭이가 화를 내며 말했다.

"이렇게 아무 소득 없이 닷새를 허비한 건 참을 수 없는 일이야. 무엇이 잘못됐는지 땅을 파 봐야겠어."

모두의 동의하에 흙이 도로 파헤쳐지고, 망고 씨앗이 꺼내졌으며, 이내 땅바닥에 내동댕이쳐졌다. 우두머리 원숭이가 말했다.

"봐라, 어리석은 녀석들아! 닷새 만에 소원이 이루어질 순 없어. 망고 나무를 가지려는 꿈이 있고 망고 씨앗이 있지만, 원숭이들에겐 인내심이 없어. 그래서 수천 년 동안 과수원 주인이 못 된 거야. 적어도 열흘은 기다렸어야 해!"

그 말을 듣는 둥 마는 둥 원숭이들은 나무에서 나무로 건너뛰며 돌멩이들이 빗발치는 쾌락의 망고 과수원으로 향했다.

명상을 배우러 왔다가 며칠 만에 떠나는 제자에게 스승이 들려준 우화이다.

어서 와, 감정

　인도와 스리랑카를 여행하다 보면 게스트하우스의 방마다 어김없이 기다리는 손님이 있다. 다름 아닌 도마뱀들이다. 현지에서는 '칩칼리'라 부르는 이 불청객들은 낮에는 밖에서 일광욕을 즐기다 저녁이면 벽의 구멍으로 들어와 천장이나 벽에 달라붙어 있다. 날벌레를 잡아먹기 때문에 전구 옆에서 시끄럽게 싸우기까지 한다. 누워 있는 내 얼굴 위로 추락한 적도 있다. 크기가 작기 때문에 별로 놀라지 않았다는 말은 거짓이고, 노란색 파충류가 뺨에 닿는 순간 비명을 지르며 혼비백산했다. 물론 도마뱀이 더 많이 놀랐다. 그 후 잠들면서도 녀석은 나의 위치를, 나는 녀석의 위치를 확인하는 습관이 생겼다.

　게스트하우스 주인들은 투숙객을 제외한 모든 생명체들에게 너그럽거나 무관심해서 도마뱀을 쫓아내지 않는다. 한번은 배낭

속에 웅크리고 있는 녀석을 발견한 적도 있다. 하마터면 무비자로 한국까지 데려올 뻔했다. 이 침입자들과 친해지기 위해 내가 생각해 낸 방법은 이름을 지어 주는 일이다. 도깨비, 도토리, 도망자 등이다. 외출했다 돌아오면 "안녕, 류시화~, 어딜 부질없이 다니시나?" 하고 묻는 도마뱀들에게 나도 인사를 한다. "깨비, 안 싸우고 잘 지냈어? 토리와 망자도?" 그럼 알아듣기라도 하듯 똑딱단추처럼 생긴 눈을 연신 굴린다. 이름을 불러 주는 것만으로도 우호적이 되고 사이좋은 거리가 생겨났다.

사실 '이름 불러 주기naming'는 명상법 중 하나이다. 마음은 게스트하우스와 같아서 여러 감정들이 번갈아가며 찾아온다. 반가운 투숙객도 있지만 어떤 감정들은 불청객이다. 마음의 방을 어지럽히고, 소란을 피우고, 불평하고, 문을 발로 차서 일과를 망친다. 잠들 때까지 영혼을 괴롭히는 감정들도 있다. 무의식에 난 틈새로 등장하기 때문에 쫓아내기도 어렵고 잠금장치를 해 둘 수도 없다.

마음챙김 명상에서는 이 감정들에게 이름을 불러 주라고 권한다. 슬픈 감정이 오면 "슬픔, 너구나. 어서 와." 하고 이름을 불러 주는 것이다. 불안과 두려움에게도 "안녕, 불안. 안녕, 두려움." 하고. 고통스러운 기억과 함께 분노가 일어나면 얼른 이름을 불러 준다. "안녕, 기억. 안녕, 분노. 어서 와. 또 왔네." 하고 인사를 나눈다. 그것으로 충분하다. 손님들에게 자신의 집을 영원히 내줄 필요까지는 없다.

신체적인 감각 역시 마음속으로 '가려움, 가려움', '두통, 두통' 하고 이름을 불러 주면 그것과 자신을 동일시하는 습관과 거리를 두게 된다. 산만한 생각과 부정적인 감정의 희생자가 되지 않는 방법이다. 고대의 샤먼들은 우리가 두려워하는 것의 이름을 알면 그것을 지배할 수 있다고 믿었다.

실제로 피부 가려움증으로 밤마다 고생하던 여성은 나한테서 '이름 불러 주기'를 배운 후 가려운 부위를 긁는 대신 '가려움, 가려움' 하고 이름을 부름으로써 증상이 훨씬 완화되었다고 했다. 가르쳐 준 나에 대한 예의로 그렇게 말하는 것은 절대 아니라고 그녀는 누차 강조했다. 그래서 '감사, 감사' 하고 나도 답례했다.

쇼펜하우어와 니체, 니코스 카잔차키스가 '최고의 인간'으로 묘사한 붓다는 이름을 불러 주는 것에서 한 걸음 더 나아간다. 명상 중에 깨달음을 방해하는 마라가 대결을 시도하며 나타나자 오랜 친구처럼 반갑게 이름을 부르며 맞이했다. 그리고 마라에게 차를 권했다.

"어서 와, 마라. 그동안 어떻게 지냈어?"

마라는 욕망, 분노, 의심 등 마음을 고통에 빠뜨리는 부정적인 에너지를 가리키는 말로, 산스크리트어로 '망상'을 의미한다. 이름을 불러 주고 다르질링 차까지 우려 주는 환대에 마라는 어리둥절해져서 대결 의지를 상실하고 소멸되었다. 붓다는 죽기 직전까지 전 생애에 걸쳐 수시로 마라와 마주쳤는데, 한 번도 마라를 무시하거나 때려눕힌 적이 없다. 붓다의 충실한 제자 아닌다는 사악한 마라가 계속 돌아오자 실망했지만, 경전에는 붓다와 마라의 만남이 언제나 평화롭게 묘사되어 있다. 붓다가 깨달음을 방해하러 온 마라에게 방석을 내주고 진흙으로 구운 찻잔에 차를 대접했다는 이야기는 매우 사실적이다. 복잡한 감정과 사념이 밀려올 때 차 한 잔을 음미하는 것은 평화로운 해결 방법이다.

'이름 불러 주기'는 자신 안에서 일어나는 생각과 감정들에게 "어서 와." 하고 환영하고 차를 권하는 일이다. 그때 우리는 그것들에 대해 깨어 있을 수 있다. 그것들과 나의 자각 사이에 여유 공간이 생겨난다. 이름을 불러 준다는 것은 '나는 내가 화가 나 있음을 자각한다.', '나는 내 왼쪽 발바닥이 가렵다는 것을 자각한다.'라는 의미이기 때문이다. 그래서 그것들을 더 분명하게 알아차리게 된다.

힌두교에서 가장 인기 있는 영웅신 중 하나인 크리슈나와 관련된 일화가 있다. 어느 날 크리슈나는 이복형 발라라마와 함께 숲을 걷고 있었다. 날이 저물고 여행에 지친 그들은 도중에서 하룻밤 묵기로 결정했다. 숲이 밤에는 위험했기에 둘은 교대로 불침번을 서기로 했다. 크리슈나가 먼저 잠들고 발라라마가 자정까지 경계 임무를 맡았다. 자정부터 새벽까지는 크리슈나가 지키기로 했다.

발라라마가 경계를 서고 있는데 멀리서 으르렁거리는 소리가 들렸다. 그러더니 갑자기 한 괴물이 나타났고, 발라라마는 공포에 사로잡혔다. 발라라마가 더 두려워할수록 괴물은 점점 더 커졌으며, 더욱 크게 으르렁거렸다. 결국 두려움이 너무 커서 발라라마는 기절하고 말았다.

잠에서 깬 크리슈나는 바닥에 누워 있는 발라라마를 보고는 잠들었다고 생각했다. 그때 거대한 괴물이 크리슈나를 노려보며 으르렁거렸다.

크리슈나는 미소를 지으며 그 괴물에게 물었다.

"안녕, 친구. 어서 와. 원하는 것이 뭐야?"

괴물은 자신이 할 수 있는 한 크게 으르렁거렸다. 하지만 크리슈나는 상대방이 원하는 것이 무엇인지 이해하려고 노력하면서 그 질문을 되풀이했다. 크리슈나가 이름을 부를 때마다 괴물은 크기가 작아졌으며, 마침내는 정말로 작아졌다. 심지어 귀엽게 보이기까지 했다. 크리슈나는 그 작은 괴물을 집어 자신의 호주머니 안에 넣었다.

마음속에 찾아오는 생각과 감정들을 적으로 여기지 말고 협력자로 만드는 것이 명상의 기술이다. 마음을 관찰하는 데 도움을 주는 협력자로. 그때 우리는 알게 된다. 나는 잠시 화가 났을 뿐이지 화가 난 사람이 아니라는 것을. 나는 잠시 두려울 뿐이지 두려워하는 사람이 아니며, 잠시 슬플 뿐이지 슬픈 사람이 아니다. 본래의 나는 맑고 고요한 존재이다. 우리는 어떤 감정보다 더 큰 존재이기 때문이다. 새가 날개의 크기에 상관없이 멀리 창공을 나는 것처럼. 다정하게 맞이하지 않으면 수많은 생각과 감정들은 어둠 속에 갇혀 괴물이 된다. 여인숙의 깨비와 망자와 토리가 불을 끄면 공포의 괴물로 변하는 것을 나는 원치 않는다.

렌차

티베트 우화에 이런 이야기가 있다. 히말라야의 어느 골짜기에 수달이 사는 호수가 있다. 달 밝은 밤이면 수달이 물속에서 물고기를 잡아 수면으로 헤엄쳐 올라온다. 그러면 호숫가 나무 위를 배회하던 올빼미가 재빨리 내려와 수달의 손에서 물고기를 낚아챈다.

얼핏 보면 올빼미가 수달의 먹이를 빼앗는 것 같다. 하지만 조금만 관찰해 보면 수달이 자발적으로 물고기를 내주는 것임을 알 수 있다. 다음 날 밤이 되면 수달은 어김없이 물고기를 잡아 물 위로 떠오르고, 나무에서 기다리던 올빼미가 또다시 날아 내려와 낚아채 간다.

둘의 관계에서 수달이 얻는 것은 아무것도 없어 보인다. 그냥 끝없이 자기를 희생하며 올빼미에게 물고기를 잡아다 바칠 뿐이다. 올빼미는 수고하지 않고도 매일 밤 맛있는 식사를 즐기지만, 수달은 좀처럼 긴장에서 헤어나지 못한다. 올빼미 때문에 하루도 마음 편한 날 없이 매일 밤 물고기를 잡기 위해 분투해야만 한다. 자신은 굶더라도 올빼미를 배불리 먹여야 하는 것이다. 수달이 조금만 늦어도 올빼미는 배고프다고 소리를 지르고, 수달은 올빼미의 감정에 동화되어 어쩔 줄 몰라 하며 연신 자맥질을 한다.

아무리 봐도 이 관계는 매우 불균형적이고 불공평해 보인다. 올빼미의 요구를 계속 충족시켜 주면서도 수달은 심리적 만족조차 얻지 못한다. 오히려 올빼미가 자기를 떠날까 봐 불안해하며 넓은 호수를 외면하고 나무 주위를 떠나지 않는다. 그럴수록 올빼미는 더 당당하고 당연하게 수달의 노고를 가로챈다. 자신도 뚜렷한 이유를 모르는 상태에서 수달은 언제까지나 올빼미의 육체적 정신적 노예가 되어, 갈수록 덩치가 커져 가는 올빼미를 위해 더 많은 물고기를 찾아 헤맨다. 올빼미는 거꾸로 불만과 요구가 늘어만 간다.

수달이 약하고 올빼미가 강하기 때문이 결코 아니다. 실제로 수달은 야행성이라서 밤에 매우 강하며, 물새의 발을 물고 물속으로 끌고 들어가 잡아먹기도 한다. 올빼미가 추격할 수 없는 깊이로 얼마든지 잠수할 수도 있다. 그러나 이 수달은 올빼미 소리가 들리면 최면에 걸린 듯 자신도 모르게 복종한다.

이 수달과 올빼미의 관계를 티베트어로 '렌착'이라 부른다. '렌착'은 간단히 말해 '전생의 빚'을 의미한다. 전생이나 전전생에 수 달이 올빼미에게 빚을 졌기 때문에 이번 생에서 갚는 중이라는 것이다. 만약 당신이 누군가에게 돈을 빌리고 갚지 않거나 강제로 혹은 속임수를 써서 금품을 빼앗았다면, 일 년 후든 십 년 후든 그 사람의 이름을 들으면 당신은 자동적으로 죄책감과 부채감을 느낄 것이다. 마찬가지로 전생에 그런 행위를 저지른 경우에, 이번 생에서 구체적으로 기억하지는 못할지라도 죄책감과 부채감 때문에 무의식적으로 끌려가게 된다는 것이 렌착이다.

과거에 티베트인들은 심심풀이 삼아 도박을 즐겼는데, 돈이 없기 때문에 작은 조약돌을 가지고 내기를 했다. 이때 조약돌 몇 개라도 빚을 지고 갚지 않으면 다음 생에 그 사람의 종이 되어 몇 배로 갚게 된다고 그들은 믿었다. 렌착은 그런 인생관이 낳은 해석이다. 논리적으로 설명이 불가능한 일을 전생의 인과관계로 돌리는 것이다.

한편으로 티베트 불교의 스승들은 과거의 행위보다 지금 이 순간 쌓는 업에 깨어 있으라고 가르친다. 수달과 올빼미의 에너지 흐름은 양쪽 모두에게 해로울 수 있다. 수달의 애착은 기쁨도 보상도 없는 자기희생에 불과하며, 올빼미의 만족할 줄 모르는 착취는 돌이킬 수 없는 영적 타락으로 이어진다. 둘은 모두 어떤 긍정적인 것도 얻을 수가 없다. 의무감에 매달리느라 수달은 자신의 삶을 제대로 산 적이 없다. 전생의 빚이 원인이라 해도, 이번

생의 불건강한 관계는 다음 생의 또 다른 불행한 관계로 악순환될 수밖에 없다.

인간관계에도 가지치기가 필요하다. 훌륭한 정원사는 어느 가지가 나무에 유익하고, 어느 가지가 단지 자양분을 빼앗을 뿐인지 구분할 줄 안다. 가지치기 안 된 나무가 과수원을 망가뜨리듯 정리되지 않은 관계는 인생을 고갈시키고 불만족과 고통의 원인이 된다. 고통은 우리를 떠나는 것들 때문이 아니라 그것들을 떠나 보내지 못하는 마음에서 비롯된다.

관계의 가지치기에는 용기가 필요하다. 올빼미가 없으면 수달은 넓은 호수를 헤엄치며 자유롭고 행복한 삶을 누릴 수 있다. 수달이 없으면 올빼미는 충분히 맹금류로 살아갈 수 있다. 수달의 삶은 수달의 삶이고, 올빼미의 인생은 올빼미의 인생이다. 이 단순한 자각이 불건강한 관계를 끊는 길이다. 그러기 위해서는 자신이 맺고 있는 관계가 렌착인지 진정한 애정인지 알아차려야 한다. 그 기준은 이것이다.

'관계가 순수한 기쁨을 주는가? 서로에 대한 존중과 존경이 자리하고 있는가? 자기희생이 서로에게 긍정적인 결과와 성장을 가져다주는가?'

만약 그렇지 않다면, 그 관계와 작별하는 것은 잘못이거나 이기적인 일이 아니다. 전생의 빚을 갚는 중이라고 스스로 최면을 거는 수달로 살아갈 이유가 없다. 전생이라는 것도 마음이 지어

낸 환영에 불과하다고 티베트 불교 스승들은 말한다.

중독적인 관계나 렌착은 상대방의 불완전함과 연약함을 받아들이고 연민심을 갖는 것과는 다르다. 아픔을 공감하고 연민을 느끼는 것은 관계에서 매우 중요한 일이다. 그러나 진실하고 건강한 관계를 맺는 것은 그것보다 더 소중하다.

렌착을 끊는 또 하나의 기준은 이것이다.

'나는 내 삶의 중요한 사람들이 자신의 삶을 스스로 책임질 능력이 있다고 믿는가?'

이 우화의 결말은 당신이 써 보길 바란다.

"어느 날, 수달은 깨달았다⋯⋯."

사과 이야기

저자 사인회에 온 독자가 몇 년 전에도 서점 행사에서 나를 만난 적 있다고 반가워했다. 그녀는 주위 사람들의 부탁이라며 여러 권에 서명을 받아 갔다. 그리고 일주일 후 또 다른 서점에서 열린 사인회에도 지인을 보내 몇 권을 더 구입했다. 알고 보니 지역 독서 모임의 회원이었다.

얼마 후 뜻밖에도 그녀가 사과를 한 상자 보내왔다. 아침마다 사과를 먹는 나로서는 고마운 선물이 아닐 수 없었다. 사과의 명산지에서 보내온 것이어선지 먹을 때마다 아삭하는 소리가 싱그러웠다. 외국 여행지에서 먹는 푸석거리는 사과와는 비교할 수 없었다.

다 먹어 갈 때쯤 또 한 상자가 배달되었다. 반갑기도 하고 놀랍기도 했다. 그래서 전화를 걸어 감사를 표시하고, 더 보내 주지 않아도 된다고 사양했다. 그녀는 사과 농사짓는 농부와 잘 아는 사이이니 부담 갖지 말라고 했다. 그렇게 해서 잠시 실랑이가 이어졌다. 나는 사과 맛을 인정하며 내가 직접 그 농부에게 주문해 먹겠다고 했고, 그녀는 자신이 좋아하는 작가에게 사과 정도는 보내 줄 수 있다며 물러서지 않았다.

그렇게 거의 매달 사과가 도착했다. 아삭하고 깨무는 소리가 아침 공간에 울려 퍼지면 하루의 시작이 상쾌했다. 어쩌다 사과가 떨어진 날에는 마음이 허전했다. 혹시 사과 농사짓는 농부의 아내가 아닌가 생각될 정도로 그녀는 한 번도 거른 적 없이 사과를 보내 주었다. 어느 날 아침 사과를 먹던 중에 문득 이런 생각이 들었다.

'만약 더 이상 사과를 보내 주지 않으면 어떻게 하지? 만약 언제부턴가 사과가 오지 않는다면?'

그 '만약'은 필연적이다. 세상의 어떤 것도 영원히 계속될 수 없기 때문이다. '변하지 않는 것은 없다.'라는 법칙을 제외하고는 무엇도 불변하지 않는다고 붓다도 말했다. 내 대문 앞에 사과가 배달되는 일을 포함해 그 독자와 나의 관계까지 어떤 것도 영원할 수는 없다.

사과의 중단이 필연적이라면, 그리고 그 필연적인 변화를 내가 무슨 수를 써도 막을 수 없다면, 내가 할 수 있는 유일한 선택은 지금 내 손에 들려 있는 사과를 마지막 사과인 것처럼 최대한 맛

있게 음미하는 일이다. 싱그러운 그 깨묾, 내 손에 알맞은 그 둥
긂이 언제 중단될지 모르기 때문이다.

이유는 알 수 없지만 소중하고 아름다운 것일수록 더 쉽게 부
서진다. 그렇기 때문에 소중하고 아름다운 것인지도 모른다. 또
한 개의 맛있는 사과가, 또 한 번의 동일한 기쁨이, 또 하루의 날
이 어김없이 주어질 것이라는 믿음은 마음의 기대에 불과하다.
어느 것이나 생에 단 한 번의 기회일 뿐, 다음 순간은 보장되지
않는다. 어찌 보면 우리는 모든 것을 마지막으로 경험하고 있는
셈이다. 이 세상 역시 우리 각각의 존재를 마지막으로 경험하고
있는 것처럼.

여행자들이 많이 하는 거짓말은 '다시 또 보자!'라는 말이다.
그 만남이 다시 일어나지 않으리라는 걸 알면서도 허공에 손을
흔들며 말한다.

"또 만나! 곧 다시 올 거야!"

그러나 그런 기회는 거의 주어지지 않는다. 설령 다시 그 장소
에 간다 할지라도 그 사람, 그 게스트하우스는 달라져 있거나 과
거의 당신은 그 자리에 없다. 기후마저 변해 있다. '또 만나!'라고
외치면서 목이 메는 것은 그것의 실현 가능성이 낮다는 것을 우
리가 무의식적으로 알기 때문이다.

한번은 누군가가 태국의 아잔 차 스님에게 물었다.

"이 세상에서는 모든 것이 변화하며 어떤 것도 영원하지 않습

니다. 이별과 상실은 우리 존재에 내재해 있습니다. 그런데 어떻게 행복이 있을 수 있습니까? 어떤 것도 우리가 원하는 대로 고정되어 있지 않은데 어떻게 안전할 수 있습니까?"

아잔 차는 따뜻한 눈으로 그 사람을 바라보고 나서 탁자 옆에 놓인 유리잔을 들어 보이며 말했다.

"나는 이 유리잔을 좋아한다. 이 유리잔으로 물을 마신다. 이 유리잔은 놀라울 만큼 훌륭하게 물을 담고 있으며, 햇빛을 아름답게 반사한다. 두드리면 맑고 투명한 소리를 낸다. 그러나 나에게 이 유리잔은 이미 깨진 것과 같다. 언젠가는 반드시 깨질 것이기 때문이다. 선반에 올려놓았는데 바람이 불어 넘어지거나 내 팔꿈치에 맞아 탁자에서 바닥으로 떨어지면 유리잔은 산산조각이 난다. 나는 그것을 당연한 일이라고 여긴다. 이 유리잔의 속성 안에 '필연적인 깨어짐'이 담겨 있다. 그것은 우리가 막을 수 있는 일이 아니다. 이 유리잔이 이미 깨져 있는 것과 마찬가지임을 이해할 때, 그것과 함께하는 모든 순간이 소중해진다. 그것과 함께하는 모든 순간이 행복하다."

그 유리잔처럼 나의 육체도, 내 연인의 육체도 이미 부서진 것과 마찬가지임을 알 때 삶의 매 순간이 소중해진다. 소중함과 가치가 두려움과 슬픔보다 앞선다. 불교에서 말하는 '무상'은 '덧없고 영원하지 않으니 집착하지 말라.'는 의미만이 아니라 '영원하지 않음을 깨달음으로써 지금 이 순간 속에 있는 것을 소중히 여기라.'는 뜻이다. '영원하지 않음'을 우리가 통제하려고 하지 않을 때 마음은 평화롭다.

헤르만 헤세의 소설 『크눌프』에서 주인공 크눌프가 친구에게 말한다.

"아름다운 소녀가 있다고 해 봐. 만약 지금이 그녀가 가장 아름다운 순간이고, 이 순간이 지나고 나면 그녀가 늙을 것이고 죽게 될 것이라는 점을 모른다면, 아마도 그녀의 아름다움이 그렇게 두드러지지는 않을 거야. 어떤 아름다운 것이 그 모습대로 영원히 지속된다면 그것도 기쁜 일이겠지. 하지만 그럴 경우 난 그것을 좀 더 냉정하게 바라보면서 이렇게 생각할걸. 이것은 언제든지 볼 수 있는 것이다, 꼭 오늘 봐야 할 필요는 없다고 말야. 반대로 연약해서 오래 머무를 수 없는 것이 있으면 난 그것을 바라보게 되지. 그러면서 기쁨만 느끼는 게 아니라 연민심도 함께 느낀다네. 난 밤에 어디선가 불꽃놀이가 벌어지는 것을 가장 좋아해. 파란색과 녹색 조명탄들이 어둠 속으로 높이 올라가서는, 가장 아름다운 순간에 작은 곡선을 그리며 사라져 버리지. 그래서 그 모습을 바라보고 있으면 즐거움을 느끼는 동시에 그것이 금세 다시 사라져 버릴 거라는 두려움도 느끼게 돼. 이 두 감정은 서로 연결된 것이고, 그렇기 때문에 오래 지속되는 것보다 훨씬 더 아름답게 느껴지는 것이지."

어제도 대문 앞에 도착한 사과가 내게 일깨운다. 사라지고 작별을 고할 것을 알면 무엇 하나 특별하지 않은 것은 없다고. 오히려 그 아슬아슬한 현존이 모든 것에 특별함을 부여한다고.

당신이 지금 사과를 한입 깨물고 있다면, 당신은 마지막 사과를 먹고 있는 것이다. 만약 지금 차를 마시고 있다면, 마지막 차를 마시고 있는 것이다. 갠지스강에서 배를 타고 있다면 마지막 뱃놀이이고, 여행지의 어느 길을 걷고 있다면 마지막으로 그 불켜진 상점들의 거리를 걷고 있는 것이다. 그리고 당신이 지금 숨을 쉬고 있다면, 언제나 마지막으로 숨을 쉬고 있는 것이다. 그렇지 않게 될 때까지는.

직박구리새의 죽음

흐린 겨울날, 누가 대문을 두드려서 나가 보니 건너편 집에 사는 아이가 서 있었다. 몇 번 마주친 적 있는, 집 밖으로 잘 나오지 않는 아이였다.

나를 보자 아이는 불쑥 손을 내밀었다. 작은 손에 직박구리새가 쥐어져 있었다. 한눈에 봐도 죽은 새였다. 어디서 발견했느냐고 물을 틈도 없이 아이는 약간 더듬거리는 말투로 그 새를 내 작업실 마당에 묻어 달라고 부탁했다. 자기 집에는 마당이 없어서 묻어 줄 곳이 없다며.

그렇게 새를 건네주고 아이는 돌아갔다. 갑자기 손에 들린 죽은 새를 내려다보며 나는 잠시 그 자리에 서 있었다. 참새, 박새와 함께 내 작업실 마당에 곧잘 날아와 봄이면 자목련 꽃술을 따먹는 새가 직박구리이다. 직박구리는 늘 암수가 함께 다닌다. 혼자

왔나 싶어 두리번거리면 살구나무에 짝이 앉아 있다.

호미를 가져다 살구나무 아래를 파기 시작했다. 큰 새가 아니라서 작은 구덩이로 충분했다. 그러나 꽁꽁 언 땅을 파는 일이 생각만큼 쉽지 않았다. 무딘 호미 날이 돌에 부딪쳐 연신 불꽃이 튀었다.

그때 또 대문 두드리는 소리가 났다. 나가 보니 아이가 다시 서 있었다. 옆에 초인종이 있는데도 주먹으로 나무 대문을 두들기는 편을 좋아하는 듯했다.

호미를 들고 있는 내게 아이는 자신의 낡은 신발 한 짝을 내밀었다. 그리고 내가 묻기도 전에 말했다.

"추우니까 새를 이 신발 안에 넣어서 묻어 주세요."

그러고는 나머지 신발 하나만 신은 채로 약간 절뚝거리며 돌아갔다. 이 추운 날에 양말도 신지 않은 맨발로.

나무 밑으로 돌아와 마저 구덩이를 파는데 함박눈이 내리기 시작했다. 호미 날이 언 땅에 부딪치는 쇳소리가 멎고, 운동화 속에 안장된 직박구리를 내려놓자 흙을 덮기도 전에 눈송이들이 먼저 새의 무덤을 덮었다. 눈은 계속 내려서 마당을 덮고, 작업실 지붕을 덮고, 그 다운증후군 아이의 집과 온 세상을 덮었다.

인간이란 무엇인가? 무엇이 인간을 신성한 상태로 끌어올리는가? 인간은 불완전하지만 아름다운 존재이다. 그 후 아이는 다른 곳으로 이사를 갔지만, 살구나무 아래를 지날 때마다 그 겨울 그 아이가 가져다준 새와 신발과 아이의 맨발이 생각난다. 중요한 것은 우리의 가슴 안에 있을 것이다. 그래서 가슴을 연 채로 살면 상처받을 수도 있다. 하지만 가슴을 닫은 채로 사는 것만큼 많이 상처받지는 않는다.

우리는 이곳에 무엇을 배우러 왔을까? 사랑이었을까? 우리의 문제는 단 한 가지일 것이다. '나'의 범위를 '나'에게로 한정 짓는 것. 그래서 '나' 이외에는 모두 타인이며 타자라고 믿는 것. 반면에 공감과 연민은 우리를 더 큰 '나'로 만든다.

어느 명상 센터에서는 이렇게 기도한다.

'내가 가능한 한 사랑과 연민의 마음을 갖기를. 만약 내가 이 순간에 사랑과 연민의 마음을 가질 수 없다면 친절하기를. 만약 내가 친절할 수 없다면 판단하지 않기를. 만약 내가 판단하지 않을 수 없다면 해를 끼치지 않기를. 그리고 만약 내가 해를 끼치지 않을 수 없다면 가능한 한 최소한의 해를 끼치기를.'

모든 일은 이유가 있기 때문에 일어나며, 모든 만남에는 의미가 있다.
누구도 우리의 삶에 우연히 나타나지 않는다. 누군가는 내 삶에 왔다가
금방 떠나고 누군가는 오래 곁에 머물지만, 그들 모두 내 가슴에 크고

5.

작은 자국을 남겨 나는 어느덧 다른 사람이 되어 있다……. 당신이
내 삶에 나타나 준 것에 감사한다. 그것이 이유가 있는 만남이든,
한 계절 동안의 만남이든, 생애를 관통하는 만남이든.

누구도 우연히 오지 않는다

모든 일은 이유가 있기 때문에 일어나며, 우리가 만나는 사람들도 이유가 있어서 만난다고 나는 믿는다. 우리가 알든 모르든 모든 만남에는 의미가 있으며, 누구도 우리의 삶에 우연히 나타나지 않는다. 누군가는 내 삶에 왔다가 금방 떠나고 누군가는 오래 곁에 머물지만, 그들 모두 내 가슴에 크고 작은 자국을 남겨 나는 어느덧 다른 사람이 되어 있다.

대학 2학년 때의 초여름, 강의실을 향해 걸어가다가 국문과 후배(훗날의 이산하 시인)와 마주쳤다. 어디 가느냐는 그의 질문에 '학기말 시험을 치르러 간다.'고 대답하자, 그는 특유의 묘한 입 모양을 지으며 "선배도 시험을 처요? 전혀 어울리지 않는데요." 하고 어이없다는 듯 말하는 것이었다. 그 말이 자못 충격적이었다. 같은 학생인데도 불구하고 나라는 사람은 시험 같은 현실적인 일에 맞지 않아 보이는 듯했다. 그는 그 말을 던지고 가 버렸지만 나는 그 자리에 한참을 서 있었다. '내가 지금 여기서 무엇을 하고 있지?' 하는 자괴감이 들었다.

그길로 캠퍼스를 나와 도보 여행을 떠났다. 물론 시험을 보지 않아 낙제를 해서 2학년을 다시 다녀야 했다. 그 여름 뙤약볕 아래 길가 과수원의 복숭아를 주워 먹으며 다닌 두 달 동안의 도보 여행은 삶과 문학에 대해 많은 생각을 하는 계기가 되었다. 신발은 낡아 밑창이 너풀거렸지만 내가 걸어갈 길이 분명해졌다. 그리고 곧바로 시 쓰기에 전념해 그해 겨울 신춘문예에 시가 당선되어 문단에 나왔다. 알 듯 모를 듯한 후배의 한마디(이산하 시인은 그 일을 기억조차 하지 못했다)가 많은 것을 바꿔 놓은 것이다.

졸업 후 중학교 임시 교사가 된 나는 문학에 몰두해야 할 시간에 자음접변과 두음법칙을 가르치고 있는 현실이 괴로웠다. 랭보는 스무 살이 되기 전에 대표시를 썼는데 서른 살까지만 살기로 한 나는 시 한 줄 쓰지 못하고 있었다. 선배 교사와 저녁을 먹으며 고뇌를 말했더니, 그는 '석 달만 지나면 그런 고민이 사라질 것'이라고 감자탕 속 통감자를 건져 먹으며 말했다. 내게는 그 말이 '석 달 후에는 고민조차 하지 않을 것'이라는 무서운 의미로 들렸다. 그래서 다음 날 사표를 내고 개나리꽃 만발한 운동장을 가로질러 나왔다. 한 달도 못 채웠기 때문에 월급은 사양했다. 더 늦기 전에 선배 교사가 내 삶의 방향을 튼 것이다.

그 후 생계비를 해결하느라 다시 몇 군데 직장을 전전한 끝에 나 자신이 사회 부적응자라는 결론에 이르렀다. 조직 생활에 맞지 않기도 했지만 두통이 심해 매일 출근은 늦고 퇴근 시간까지 기다리는 건 힘들었다. 결국 몇 개월 만에 자발적인 추방자가 되어 무직자로 거리를 떠돌았다.

당시 서울 종로2가에 종로서적이 있어서, 수도승이 사원을 중심으로 떠돌 듯 그곳을 기점으로 반경 100미터 내외를 온종일 걸어 다녔다. 다리가 아프면 서점에 들어가 책을 읽고 마음에 드는 시를 외웠다. 그러던 어느 날, 서점 화장실에서 한 남자가 아는 체를 했다. 시 동인 활동을 하던 시절, 동인지를 출간한 출판사에서 나를 한 번 보고 깊은 인상을 받았다고 했다(내 시가 아니라 내 외모에). 화장실에서 그런 인사를 받으니 나 또한 그가 인상 깊었다.

그날 화장실 앞에서 대화를 나누다가 그가 부친에게서 물려받은 불교 잡지를 운영할 계획이라는 것을 알게 되었고, 고리타분한 내용 대신 명상과 영성을 이야기하는 잡지가 필요하다는 내 의견에 그는 동의했으며, 그래서 함께 힘을 합해 새로운 계간지를 내기로 결정하는 데 한 시간이 채 걸리지 않았다. 그중 50분은 나 혼자 흥분해서 주장을 폈다.

우리가 만든 잡지는 비록 발행 부수는 미미했으나 구도자들과 영성 추구자들 사이에서 금방 화제가 되었다. 학교 졸업 후 처음으로 이뤄 낸 의미 있는 성취였다. 잡지의 내용을 기획하고 글을 쓰면서 나 자신도 인도의 다양한 영적 스승들을 알게 되고, 내 삶이 인도라는 나라로 방향을 돌리게 된 시작점이 되었다.

잡지사를 그만둔 지 얼마 후, 서울 변두리로 가는 버스 안에서 한 사람과 마주쳤다. 잡지사 일을 할 때 잠깐 만난 적 있는 사람이었다. 우리는 버스 안에서 얘기를 나눴고, 버스를 함께 내려서도 얘기를 이어 갔으며, 내가 어디를 가려고 했는지도 잊은 채 대화에 몰두하다가 우리 사회에 명상과 영적 추구에 대한 책이 너무 부족하다는 사실에 의견이 일치했고, 마침내 함께 출판사를 열기로 길 위에서 전격적으로 합의했다.

그리하여 얼마 후 그는 발행인이고 나는 편집장이 되어 '정신세계사'라는 출판사를 시작하게 되었다. 이 일은 내가 명상서적을 소개하는, 평생에 걸친 작업에 뛰어든 중요한 계기가 되었다. 이 우연한 만남들이 아니었다면 내 삶이 어디로 흘러갔을지, 내가 한 인간으로 제대로 성장할 수 있었을지, 아니면 여전히 사회 부적응자로 서점 주변을 떠돌았을지 알 수 없는 일이다.

소설가 보르헤스는 썼다.

"우리 삶을 스쳐 지나가는 모든 이들은 각각 특별한 존재이다. 누구든 항상 그의 무언가를 남기고, 또 우리의 무언가를 가져간다. 많은 것을 남긴 사람도 적은 것을 남긴 사람도 있지만, 무엇도 남기지 않고 지나가는 사람은 없다. 이것은 누구든 단순한 우연에 의해 만나게 되는 것이 아니라는 분명한 증거이다."

어딘가에 나에게 정해진 섭리나 계획이 있고, 그것을 일깨우기 위해 적절한 시기에 사람들이 내 앞에 나타난다고 나는 믿는다. 지금의 내 삶에 그 관계가 필요하기 때문에 그들은 온다. 사람들은 이유가 있어서 우리 삶에 나타나고, 때가 되면 우리는 그 이유를 알게 된다. 이것이 진리인지는 알 수 없지만, 지금의 나는 내게 길을 가르쳐 준 모든 만남과 부딪침의 결과물이다. 누구도 내가 걷는 길을 무작위로 교차하지 않는다.

여기, 인생의 만남에 관한 작자 미상의 글이 있다.

"당신의 삶에 나타나는 사람들은 어떤 이유가 있어서 오는 사람, 한 계절에만 등장하는 사람, 혹은 평생 동안 만남을 갖는 사람이 있다. 그중 어디에 속하는지 알면, 저마다의 사람과 어떤 관계를 맺어야 할지 알게 될 것이다.

어떤 이유가 있어 당신의 삶에 온 경우, 그들은 대개 당신이 드러내 보인 필요를 충족해 주기 위해 온다. 당신이 고난을 통과하도록 돕고, 길을 안내하고, 지지해 주려고 온다. 물질적으로, 정서적으로, 혹은 영적으로 당신을 도우려고 온다. 그들은 신이 보낸 것처럼 보일지도 모르며, 실제로도 그렇다. 그들은 당신이 그들을 필요로 하는 그 이유 때문에 나타난 것이다.

그들은 당신 잘못이 전혀 없는데도, 혹은 좋지 않은 시기에, 관계를 끝낼 것 같은 말이나 행동을 하기도 한다. 때로는 죽거나 어디론가 떠나 버리기도 한다. 때로는 과격한 행동을 해서 당신이 분명한 결단을 내리게 만든다. 이때 우리가 깨달아야 할 것은 우리의 필요가 충족되었다는 것, 우리가 바라던 것이 채워졌다는 것, 그래서 그들의 역할이 끝났다는 사실이다. 당신이 올려 보낸 기도는 응답받았으며, 이제는 앞으로 나아갈 때가 온 것이다.

한 계절 동안만 당신 삶에 들어오는 사람도 있다. 그것은 당신이 나누고, 성장하고, 배우는 단계에 이르렀기 때문이다. 그들은 당신에게 평화로운 시간을 가져다주고 당신을 웃게 할 것이다. 당신이 한 번도 경험한 적 없는 일을 가르쳐 줄지도 모른다. 그들은 대개 믿을 수 없을 만큼의 기쁨을 당신에게 준다. 이것을 믿으라. 이것은 사실이다. 다만 한 계절 동안만.

평생의 관계는 당신에게 평생의 배움을 준다. 굳건한 감정적 토대를 갖기 위해 당신이 쌓아 나가야만 하는 것들을. 당신이 할 일은 그 배움을 받아들이고, 그 사람을 사랑하고, 그 관계에서 당신이 배운 것을 주변의 모든 관계와 삶의 영역에 적용하는 것이다. 사랑은 맹목적이지만 진정한 우정은 천 리 밖을 본다는 말이 있다.

당신이 내 삶에 나타나 준 것에 감사한다. 그것이 이유가 있는 만남이든, 한 계절 동안의 만남이든, 생애를 관통하는 만남이든."

꽃이 피면 알게 될 것이다

한 스승에게 네 명의 제자가 있었다. 그는 제자들에게 자신과 타인에 대해 성급하게 판단하지 않는 법을 가르쳐 주고 싶었다. 그래서 한 명씩 차례대로 여행을 보냈다. 먼 곳에 있는 배나무 한 그루를 보고 오는 여행이었다. 그런 다음 각자에게 무엇을 보았는지 말하게 했다.

첫 번째 제자는 겨울에 가서 그 나무를 보았다. 나무는 차가운 바람 속에 잎사귀도 없이 헐벗음 자체였다. 껍질 속 중심부까지 메말라 있었다. 제자는 돌아와서 스승에게 나무가 못나고, 굽었고, 아무 쓸모없다고 설명했다. 성장을 암시하는 생명의 힘을 전혀 느낄 수 없었다고.

봄에 가서 나무를 보고 온 두 번째 제자는 그 의견을 받아들일 수 없었다. 그가 본 나무는 가지마다 새 움이 파릇파릇 돋아

나고 있었다. 뿌리는 끊임없이 생명수를 길어 올리고, 마치 봄과 사랑에 빠진 무언의 몸짓처럼 움마다 봄기운을 단단히 오므려 쥐고 있었다. 제자는 앞날이 무척 기대되는 나무라고 주장했다.

세 번째 제자는 초여름에 나무를 보러 갔다. 그를 맞이한 나무는 온통 흰 꽃으로 뒤덮여 있었다. 뿌리는 단단히 땅을 움켜쥐고 있고, 수술과 암술을 보듬어 주는 꽃들에서는 감미로운 향기가 났다. 그 만개한 세계에 이끌려 다른 존재들이 모여들었다. 제자는 여태껏 본 가장 우아하고 아름다운 나무라고 말했다.

마지막으로 여행을 떠난 네 번째 제자는 어떤 평가에도 동의하지 않았다. 가을에 가서 나무와 만난 그는 가지가 휘어질 만큼 매달린 황금빛 열매들을 목격했다. 그 열매들은 태양과 비바람에 자신을 내맡긴 믿음의 결과였다. 제자는 돌아와서, 햇빛과 비를 당분으로 바꿔 풍요와 결실을 이뤄 내는 나무의 연금술에 깊이 감동했다고 말했다.

스승은 네 명의 제자를 불러 모두의 의견이 그 자체로는 틀리지 않지만 전적으로 옳지는 않다고 말했다. 각자가 본 것은 그 나무의 한 계절에만 해당하는 모습이기 때문이다.

스승은 말했다.

"나무에 대해서든 사람에 대해서든 한 계절의 모습으로 전체를 판단해서는 안 된다. 나무와 사람은 모든 계절을 겪은 후에야 결실을 맺을 수 있기 때문이다. 가장 힘든 계절만으로 인생을 판단해선 안 된다. 한 계절의 고통으로 나머지 계절들이 가져다줄 기쁨을 파괴하지 말아야 한다. 겨울만 겪어 보고 포기하면 봄의 약속도, 여름의 아름다움도, 가을의 결실도 놓칠 것이다."

작자 미상의 이 이야기는 타인에 대한 판단만이 아니라 자기 자신에 대한 평가에도 해당된다. 모든 것을 잃고 서리와 얼음으로 덮인 나무일 때, 헐벗은 가지에 바람 소리만 가득할 때, 그것으로 자신의 전 생애를 판단해선 안 된다. 연약한 움을 틔운 시기에는 그 연약함이 오므려 쥔 기대를 무시하지 말아야 한다. 삶에서 오는 기쁨, 깨달음의 결실은 모든 계절의 빛과 별자리들이 건네주는 선물인 것이다.

배나무를 보기 위해 떠난 제자들처럼 우리는 모든 계절을 품고 한 계절씩 여행하는 순례자들이다. 우리 자신이 한 그루의 나무이다. 나무는 계절의 흐름에 자신을 맡기는 것이 여행의 시작이다. 그 믿음을 가지고 있지 않다면, 계절들 밑에서 흐르는 생명의 의지를 신뢰하지 않는다면, 아직 삶이라는 여행을 시작하지 않은 것과 같다. 어떤 계절도 영원히 지속되지 않음을 나무는 잘 안다. 어떤 겨울도 견디고 남을 만하다는 것을.

유럽의 한 대학에서 인도 문학을 강의하는 교수가 들려준 이야기이다. 입학 면접 장소에서 처음 카밀라라는 학생을 만났는데 각각 다른 머리 길이에 파랗고 빨간 염색을 하고, 눈썹은 두 배나

진하게 그려져 있었다. 오른쪽 귀에 5개의 귀걸이를 하고, 비대칭의 머리카락으로 가려진 왼쪽 귀에는 또 얼마나 많은 귀걸이가 걸려 있을지 신만이 아는 일이었다. 손가락은 커다란 반지들로 뒤덮여 있고, 긴 손톱들은 검은색으로 칠해져 있었다. 셀 수 없이 많은 팔찌, 까만색 립스틱에 무릎까지 올라오는 검정 부츠……. 그리고 면접관의 질문에 대한 그녀의 대답은 알아듣기조차 힘들었다. 단지 외모만의 문제가 아닌 듯했다.

그런데 시험 성적이 나쁘지 않아서 카밀라는 합격을 하고 내 친구의 수업을 듣게 되었다. 다행히 많은 학생들 속에 앉아 있었기 때문에 그녀의 얼굴을 가능한 한 피할 수 있었다. 그렇게 4년이 흘렀고, 졸업을 앞둔 카밀라가 찾아와 문학 석사 과정에 등록해도 되는지 물었다. 그것은 지도 교수와 학생이 일대일로 자주 접촉해야 함을 의미했다. 내 친구는 그녀의 머릿속도 외모와 비슷하지 않을까 겁이 났다. 하지만 카밀라의 의지는 단호했고, 결국 내 친구의 지도 아래 현대 인도 문학을 전공하게 되었다.

처음에는 그녀의 외모가 아니라 그녀가 하는 말에 집중하는데 많은 노력을 기울여야만 했다. 하지만 석사 과정이 끝나갈 무렵, 그녀가 매우 재능이 뛰어나고 지적인 여성이라는 사실을 알게 되었다. 그녀의 석사 학위 논문은 다른 학생들의 박사 학위논문보다 뛰어났다. 현재 카밀라는 힌디어와 우르두어를 자유자재로 구사하는 인도 문학 박사 학위 소지자이며, 내 친구의 훌륭한 동료 교수가 되었다. 머리는 본래의 갈색으로 돌아왔으며, 액세서리와 화장도 차분해졌다. 지금까지 가르친 학생 중에서 가장 자랑스러운 제자라고 내 친구는 진심을 담아 말했다. 한 시기의 모습으로 타인의 존재 전체, 혹은 삶 전부를 판단하는 것은 누구나 쉽게 범하는 오류이다.

당시 카밀라는 고딕 록(얼터너티브 록의 한 장르)의 열렬한 팬이었다. 그녀는 어느 젊은 록 그룹 가수에게 흠뻑 반해 그와 어울리는 의상을 걸치고, 얼굴에는 가능한 한 많은 피어싱을 했다. 그 가수의 공연은 장소를 불문하고 따라다녔다. 공연 후의 파티에도 어떻게든 참석하며 나름 최선을 다했지만, 자신이 좋아하는 가수와는 진실한 접촉을 할 수가 없었다. 결국 그녀는 상처를 안고 마음을 접었다.

어느 겨울, 카밀라는 방학을 맞이해 아버지의 차를 타고 고향 집으로 가고 있었다. 그날따라 날씨가 엉망이었다. 강풍이 불고 잿빛 하늘에서 진눈깨비가 날려 도로가 미끄러웠다. 조심스럽게 운전을 하던 아버지가 문득 차를 얻어 타려고 손을 흔드는 젊은이를 발견했다.

카밀라는 관심이 없었지만 아버지는 험악한 날씨에 길에서 히치하이크를 해야 하는 젊은이에게 동정심을 느껴 차를 멈췄다. 그 히치하이커가 차에 올라탔을 때 카밀라는 자신의 눈을 믿을 수가 없었다. 자신이 그토록 몇 년 동안 따라다니던 그 록 가수였다! 두 사람은 결혼해 지금까지 행복하게 살고 있다.

힌디어에 '킬레가 또 데켕게'라는 격언이 있다. '꽃이 피면 알게 될 것이다When it flowers, we will see.'라는 뜻이다. 지금은 나의 미래를 장담할 수 없고 설명할 길이 없어도 언젠가 내가 꽃을 피우면 사람들이 그것을 보게 될 것이라는 의미이다. 자신의 현재 모습에 대해, 자신이 통과하는 계절에 대해 굳이 설명할 필요가 없다. 시간이 흘러 결실을 맺으면 사람들은 자연히 알게 될 것이므로.

독일 시인 라이너 쿤체는 썼다.

꽃피어야만 하는 것은 꽃핀다
자갈 비탈에서도 돌 틈에서도
어떤 눈길 닿지 않아도•

인내는 단지 기다리는 것이 아니다. 진정한 인내는 앞을 내다볼 줄 알고 살아가는 일이다. 가시를 보고 피어날 장미를 아는 것이고, 어둠을 보고 떠오르는 보름달을 아는 것이다.

• Reiner Kunze, rostblättrige alpenrose. In: id., lindennacht. gedichte.
© S. Fischer Verlag GmbH, Frankfurt am Main 2007

60억 개의 세상

메시아가 장님과 귀머거리를 치료하고 죽은 자도 살려 냈지만 불평꾼을 치료했다는 일화는 어디에도 없다는 말이 있다.

지금까지의 여행들을 돌아볼 때 특히 힘들었던 때는 열악한 환경, 불편한 교통, 비위생적인 숙박 시설로 인한 것이 아니라 한 친구와 함께한 인도 여행이었다. 그는 특정 수행 단체 소속으로 철저한 채식주의자였다. 그래선지 식당에 앉기만 하면 음식에 대한 불만이 심해 혹시 동행인 나를 싫어하는 게 아닌가 의심이 갈 정도였다. 전 세계에서 인도만큼 채식 식당이 많은 나라도 드물 것이다. 하지만 그는 모든 재료를 뒤적이고 삼바르와 처트니 같은 낯선 소스의 냄새를 맡으며 의심과 불평을 멈추지 않았다. 그의 앞에서 두 그릇씩 시켜 먹는 내가 야만인 같았다.

나는 그때그때 다른 채식주의자이지만 비건(완전 채식)을 실천하는 것은 본받을 일이다. 그러나 아무리 숭고한 이상이라도 그 실천을 타인에게 의지하면 문제가 된다. 인도는 모든 지역에서 아침 일찍 채소 시장이 열리기 때문에 원하는 과일과 채소를 사다가 간단한 음식을 만들어 먹을 수도 있다. 그는 시장에 데려가도 다양한 먹거리에 대한 불만이 그만큼 다양했다. 부정적인 생각들이 어디서 그토록 창조적으로 샘솟는지 놀라웠다.

음식에 대한 불만은 다른 모든 것들에게로 이어졌다. 버스에 함께 탄 염소는 명상 방해꾼이었고(염소가 그의 무릎에 턱을 고였다), 이등칸 열차의 화장실은 악몽 그 자체였다(그는 스무 시간 넘게 참았다). 게스트하우스 천장에 붙은 초록색 도마뱀은 재앙이었다(도마뱀이 그에게 혀를 날름거리며 구애했다). 뿐만 아니라 갑자기 퍼붓는 비는 비애였다. 그런데 이상하게도 그는 새로운 장소에 도착하면 지난번 장소가 훨씬 낫다고 말하는 것이었다! 불편함에 흔들리면서도 아름다운 것을 발견해 나가는 것이 여행인데도.

전염성 강한 그의 불평은 내 안의 기쁨을 꺾어 버렸다. 그가 기차역에서 산 살짝 귀엽게 못생긴 케샤르 망고에 대해 투덜거리는 순간, 나는 더 이상 참지 못하고 그에게 잠깐 기다리라 하고는 구름다리 건너 맞은편 플랫폼으로 달려가서 아무 기차나 올라타고 떠나 버렸다. 두 달 후 한국에 돌아와 보니 그는 일찌감치 귀국해 있었다. 그를 그렇게 미아처럼 기차역에 두고 떠난 일이 두고두고 미안해 만날 때마다 내가 밥을 샀다.

세상과의 불화가 나날이 늘어날 때 혹시 기쁨의 근원이 내 안에서 줄어든 것이 아닌가 의심해 봐야 한다. 톱니바퀴가 닳아 제대로 정오를 가리키지 못하는 시계처럼 삶에 대한 신뢰와 열정이 멈춘 것은 아닌가도. 나 역시 기쁨의 샘이 말라 갈 때 내가 가는 길들은 불만과 실망으로 얼룩졌다. 자존감과도 아득히 멀어졌다.

처음 티베트를 여행할 때 고산병이 심해 거의 아무것도 먹을 수 없었다. 시가체의 타쉬룬포 사원을 향해 걸어갈 때였다. 허기에 지친 내 시야에 오두막 앞에 앉아 무엇인가를 먹고 있는 티베트인들이 보였다. 가까이 다가가서 보니 감자였다.

말이 통하지 않았지만 몸짓과 표정을 보고 그들은 내가 원하는 것을 이해했다. 그날 티베트인들과 함께 양지바른 곳에 앉아 껍질을 벗겨 가며 삶은 감자를 먹던 일을 잊을 수 없다. 옷차림과 행색으로 보아 무척 가난한 사람들이었는데도 불행한 기색이 조금도 없었다. 말과 몸짓이 자연스럽고 평화로웠다. 우리는 계속 웃었다. 나는 그들이 정말 좋은 사람들이라는 걸 느꼈다. 중국의 침략을 받아 모진 고통을 겪은 사람들이 어떻게 내면의 기쁨을 잃지 않을 수 있는지, 어떻게 불행한 처지로부터 자신의 영혼을 보호할 수 있는지 놀라울 따름이었다.

얼마 전 읽은 이야기가 기억난다. 몇 명의 사냥꾼이 숲속 깊이 들어갔다가 오두막을 발견했다. 한 수도자가 그곳에 살고 있었다. 살림살이라곤 거의 없는데도 수도자의 얼굴은 행복으로 빛났다.

사냥꾼 중 한 명이 물었다.

"외딴곳에 살면서도 무척 행복해 보이는군요."

수도자가 말했다.

"네, 나는 언제나 행복합니다."

"우리는 많은 걸 갖고 있으면서도 행복하지 못한데, 형제님은 어디서 행복을 찾았습니까?"

"이 작은 오두막에서 찾았습니다. 창문으로 내다보시오. 그럼 행복 한 조각을 발견할 겁니다."

그러면서 수도자는 손수건만 한 작은 창을 보여 주었다.

다른 사냥꾼이 말했다.

"당신은 우리를 속이는군요. 창문으로 보이는 것은 나뭇가지 몇 개가 전부인 걸요."

"다시 한번 보시죠."

"다시 봐도 나뭇가지 몇 개와 손바닥만 한 하늘뿐이오."

그러자 수도자가 말했다.

"그것이 내 행복의 이유입니다. 손바닥만 한 하늘 말입니다."

이 수도자처럼 세상에 대한 불만이 아니라 세상에 대한 애정으로 수행을 하고 실천하는 것이 더 좋지 않을까? 자신이 지금 왜 이 일을 하고 있는지 근원을 스스로에게 물을 필요가 있다. 자아의 중심에서 어떤 일을 행할 때 감정과 감수성이 꽃피어난다. 새가 하늘을 만나면 기쁨의 원천과 하나가 되듯이.

우리 안에는 기쁨의 샘이 있지만 자주 돌과 모래가 그 샘을 막아 버린다. 그래서 기쁨은 그 아래 묻히고 만다. 프랑스인으로 파스퇴르연구소의 촉망받는 분자생물학자였다가 서구 문명을 등지고 히말라야산으로 들어가 티베트 불교에 입문한 마티유 리카르는 네팔에서의 일을 들려준다. 어느 날 그는 사원 계단에 앉아 있었다. 우기의 폭풍우가 불어 사원 안마당이 꽤 넓게 진흙탕으로 변했고, 드나드는 사람들을 위해 승려들이 벽돌 징검다리를 가져다 놓았다.

그때 한 친구가 사원 입구로 들어왔다. 그녀는 진흙탕과 군데군데 놓인 벽돌들을 불만스럽게 바라보더니 징검다리 하나하나마다 투덜거렸다. 마티유가 있는 곳까지 건너온 그녀는 눈을 부라리며 말했다.

"에이, 저 더러운 진흙탕에 빠지면 어쩌라는 거야? 하여튼 이나라는 모든 게 더러워!"

그녀를 잘 아는 마티유는 위안을 주기 위해 무언의 동의를 표시하며 고개를 끄덕였다.

몇 분 뒤 또 다른 친구가 사원 입구에 들어왔고, 그녀는 노래를 부르며 진흙탕 길의 벽돌 징검다리를 하나씩 건넜다. 그리고 마른 곳에 이르자 탄성을 지르며 말했다.

"정말 재밌어!"

그러고는 기쁨으로 눈을 빛내며 덧붙였다.

"장마철의 좋은 점은 먼지가 하나도 없다는 거야!"

세상을 한번 둘러보라. 완벽한 곳은 없다. 또한 아무리 부정하거나 외면하려 해도 아름다운 것을 한 가지라도 발견할 수 없는 곳은 존재하지 않는다.

마티유는 말한다.

"두 사람이 있으면, 사물을 바라보는 두 가지 방식이 있게 된다. 60억의 사람이 있으면 60억 개의 세상이 있다."

연민 피로

내가 아는 편집자는 연민심이 많아 사람들의 이야기를 잘 들어준다. 사람들은 시도 때도 없이 자신의 문제를 그녀에게 털어놓는다. 한번은 몇 사람과 산행을 했는데, 일행 중 한 명이 그녀에게 자신의 힘든 인생 문제를 늘어놓기 시작했다. 정상에 갔다가 내려올 때까지 그 사람의 불행과 함께하느라 그녀는 제대로 산을 감상할 수 없었다.

마치 티베트 불교의 통렌 수행을 실천하는 것 같다. 통렌은 '주고받기'라는 뜻으로, 다른 사람의 고통을 자신이 대신 떠맡고 그 사람에게 자신이 가진 좋은 것, 건강과 행복을 준다고 마음속으로 상상하는 수행이다. 숨을 들이쉬면서 다른 사람의 고통을 받아들이고, 숨을 내쉬면서 그 사람에게 나의 밝고 건강한 기운과 안도감을 내보내는 것이다. 단순히 자비심을 갖는 것에서 한 걸음 더 나아간 수행법이다.

연민심은 세상의 고통을 해결하는 데 매우 중요하다. 고통은 인간 삶의 가장 공통적인 요소이기 때문에 우리를 서로 연결해 주는 힘이다. 다만 그녀의 문제는 공감 능력이 남달라 타인의 고통에 쉽게 전염된다는 점이다. 분노, 배신감, 절망 등 다른 사람의 부정적인 감정이 그녀의 영혼 안으로 밀려들어 와 그녀 자신도 차츰 우울한 사람이 되어 갔다. 전에 그녀의 얼굴을 빛나게 하던 긍정적인 감각이나 호기심을 잃었을 뿐 아니라, 정서적 고갈을 호소하며 세상에 대한 실망과 공허감에 시달렸다. 일을 하는 데도 지장을 겪었다.

타인의 아픔에 공감하는 것을 넘어 자신도 그것에 압도되어 정서적으로 소진되는 것을 '연민 피로'라고 부른다. 자신이 아무 것도 할 수 없다는 무력감도 그 소진의 원인이다. 어떤 정신분석가는 이것을 번아웃 증후군, 즉 자신이 재가 되어 버리는 소진 증후군이라 명명했다. 말기 환자를 간병하는 가족이나 매일 정신적 문제를 가진 사람을 대하는 심리상담사처럼 고통의 최전선에 있는 이들이 아니더라도, 다른 이의 불행과 접촉하는 누구에게나 연민 피로가 일어날 수 있다.

미국 시인 엘라 휠러 윌콕스의 일화가 있다. 어느 날, 가난한 농부의 딸인 윌콕스는 위스콘신주 주지사의 성대한 취임식에 초대받았다. 기쁜 마음을 안고 가던 기차 안에서 그녀는 검은 옷을 입은 젊은 여성과 나란히 앉게 되었다. 그 여성은 슬픔의 눈물을 흘리며 계속 흐느꼈고, 윌콕스는 여행 내내 그녀를 위로해야만 했다.

취임식장에 도착했을 때 윌콕스는 기분이 우울해져서 누구와도 어울릴 수 없었다. 거울을 들여다본 그녀는 문득 자신의 얼굴에서 그 슬픔에 찬 젊은 과부의 얼굴을 보았다. 그 순간 그녀는 자신의 대표시가 된 한 편의 시를 써 내려갔다.

> 웃어라, 세상이 너와 함께 웃으리라.
> 울어라, 너 혼자 울게 되리라.
> 슬프고 오래된 이 세상은 즐거움을 빌려야 할 뿐
> 고통은 자신의 것만으로도 충분하다.
> 노래하라, 그러면 산들이 화답하리라.
> 한숨지으라, 그러면 허공에 사라지리라.

그 편집자에게 필요한 것은 연민심과 함께 마음의 평정을 잃지 않는 일이다. 상대방의 불행에 공감하되, 다른 사람의 삶을 바꾸는 일이 자신에게 달려 있지 않음을 받아들이는 것이 평정심이다. 영혼의 소진 없이 타인을 지혜롭게 돌보려면 연민과 평정심이 균형을 이루어야 한다. 돌봄은 단순히 타인에 대한 돌봄만이 아니라 자신에 대한 돌봄까지 포함한다. 나도 나 자신의 삶을 건강하게 살 의무가 있기 때문이다.

어느 집 딸이 결혼해 멀리 떨어진 지역에 가서 살게 되었다. 시댁에서의 삶은 문제와 고통의 연속이었다. 한번은 친정어머니가 다니러 왔다가 딸이 얼마나 힘들게 살아가고 있는지 보았다. 딸과 대화를 통해 도움을 주고 싶었지만 시댁 식구들이 들을까 염려되었다. 그래서 어머니는 딸에게 잠시 바람을 쐬러 나가자고 말하고 두 사람은 걸어서 근처 숲에 이르렀다.

숲에서 그들은 건강하고 아름다운 나무 한 그루를 발견했다. 그 나무 아래서 어머니가 딸에게 말했다.

"네 가슴을 무겁게 짓누르는 것들을 다 말해 보거라. 나한테 말해서 너의 슬픔을 모두 내보내거라."

딸은 울면서 마음속에 가둬 두었던 힘든 이야기들을 전부 쏟아 내었다. 다 듣고 나서 어머니가 말했다.

"내 말을 잘 들거라. 내가 매주 너를 만나러 올 순 없다. 그러니 앞으로 일주일에 한 번씩 꼭 이곳에 와서 이 나무에게 네가 겪는 고통들을 이야기하거라. 이 나무가 나 대신 들어줄 거야."

딸은 그렇게 하겠다고 약속했다.

몇 달 뒤 다시 딸을 방문한 어머니는 딸의 얼굴에 나타난 변화를 보고 기뻤다.

"너의 생활이 전보다 나아진 거니? 전처럼 생활이 힘들어 보이진 않는구나."

딸이 말했다.

"아녜요, 내 생활은 변한 게 아무것도 없어요."

"그런데 얼굴이 훨씬 나아 보여."

"나도 잘 모르겠어요."

어머니가 말했다.

"우리 함께 숲으로 가자꾸나."

함께 걸으면서 딸이 말했다.

"엄마가 말한 대로 일주일에 한 번씩 숲에 가서 그 나무에게 모든 고민을 말했어요. 그랬더니 가슴속에 있던 고통의 짐이 훨씬 가벼워졌어요."

두 사람이 숲의 나무에 도착해서 보니 그 나무는 가지와 잎사귀가 거의 말라 있었다. 딸의 모든 고통을 흡수했기 때문에 나무의 정기가 다 소진된 것이다.

만약 그녀가 고통을 이야기하는 대신 그 나무에 앉은 새들과 함께 노래를 불렀다면 어떠했을까? 바람에 춤추는 그 나무와 함께 춤을 추었다면? 그녀와 나무는 연민 피로가 아니라 연민 만족에 이르지 않았을까? 그리고 그 힘으로 자신의 삶을 바꿀 수 있지 않았을까? 우리에게는 이 같은 깨달음이 필요하다.

걱정을 해서 걱정이 없어지면 걱정이 없겠네

봄날 밤, 작가인 내 친구에게 누군가가 휴대폰으로 문자 한 통을 보냈다. 막무가내로 그를 비난하는 글이었다. 발신자는 그저 몇 번 만난 사람에 불과했다. 잘 알지도 못하는 사람이 인격 모독적인 욕설을 퍼붓자 분해서 견딜 수 없었다. 잠들려고 누워도 자꾸 생각나서 밤새 뒤척이다 헝클어진 실타래가 되어 새벽을 맞이했다.

아침이 되기 전에 그 사람에게서 다시 문자가 왔다. 간밤에 술에 취해 다른 이에게 보낼 문자를 잘못 보냈다며 정중히 사과하는 내용이었다. 친구는 충혈된 눈으로 허탈하게 웃었다.

티베트어에 '센파'라는 단어가 있다. 대개는 '집착'으로 번역하지만, 정확히는 물고기가 낚싯바늘에 걸리듯 '붙잡히는 것' 혹은 '생각에 사로잡혀 벗어나지 못하는 것'을 의미한다. 티베트 불교에

정통한 페마 초드론은 센파를 '가려운 곳을 긁는 고통'에 비유한다. 가려우면 자꾸만 긁게 되고, 긁을수록 더 가려워진다. 그래서 어느 순간 가려움이 고통으로 변한다. 내 친구가 밤새 겪은 것이 바로 센파이다.

인도의 명상 센터에서 가장 성가신 것 중 하나가 모기이다. 명상 중인 사람은 움직이지 않는다는 걸 아는 영리한 모기들이 집중 공격을 해대기 때문이다. 네팔 타포반에 있는 명상 센터에서는 고르카족 용병만큼이나 집요한 산모기들이 이마 한가운데 불침을 꽂는다. 깨달음의 최대 방해꾼은 다름 아닌 모기라는 생각이 든다. 싯다르타의 득도를 끝까지 괴롭힌 마라가 혹시 굵은 침 달린 모기가 아닐까 의심될 정도이다. 가려워서 긁고 또 긁어, 혜안이 열린다는 제3의 눈 부근에서 피가 난다.

센파는 가려워서 자꾸 마음이 쓰이는 동시에 가려움을 해결하는 방법조차 어리석어서 생기는 고통이다. 모기에게 물렸든 모욕적인 비난을 들었든, 혹은 자기 자신이 어떤 실수를 저질렀든 머릿속에서 강박적으로 그것 외에 다른 생각은 할 수 없는 상태로 고착되는 것이 센파이다. 모기에 물린 것도 괴로운데 그곳을 계속 긁어서 스스로 더 고통받는 것이다. 아니면 내 친구의 경우처럼 부당한 비난을 당하는 것도 괴로운데, 그 일을 계속 곱씹어서 마음을 더 불행 속으로 몰아가는 것이다.

센파는 우리가 왜 더 고통받는지 말해 준다. 내가 산문집 『새는 날아가면서 뒤돌아보지 않는다』에서 소개한 '두 번째 화살'과 같은 상황이다. 이미 일어난 불행한 일이 그 자체로 끝나지 않고, 그 생각에 사로잡혀 자신에게 두 번째 화살을 쏘는 것이다. 고통의 대부분은 실제의 사건 자체보다 그것에 대한 감정적 반응으로 더 커진다.

러시아의 소설가이며 극작가인 안톤 체호프의 단편소설『어느 관리의 죽음』은 센파에 사로잡힌 한 남자의 이야기를 들려준다. 어느 멋진 밤, 근사하게 차려입은 남자는 극장 특석에 앉아 오페라를 관람하며 더없는 행복을 느끼고 있었다. 그런데 갑자기 얼굴이 일그러지고 숨이 멎는가 싶더니 "에취!" 하고 재채기를 하고 말았다.

누구든 재채기를 할 수 있지만 남자는 당황하지 않을 수 없었다. 앞좌석에 앉은 지위 높은 장관의 대머리에 침이 튄 것이다. 남자는 헛기침을 한 번 하고 나서 몸을 앞으로 숙여 장관의 귀에 낮은 목소리로 말했다.

"용서해 주십시오, 장관님. 제가 재채기를 해서 침이 튀었습니다. 저도 모르게 그만……."

이에 장관이 말했다.

"아, 괜찮소. 괜찮아요."

남자는 다시 말했다.

"제발 용서해 주십시오. 정말이지 이렇게 될 줄 몰랐습니다!"

"아, 됐으니 조용히 하시오. 공연을 볼 수가 없잖소."

남자는 어색하게 미소 짓고는 다시 무대로 시선을 돌렸다. 하지만 걱정이 돼서 더 이상 오페라를 즐길 수 없었다. 막간 휴식 시간에 그는 장관에게 다가가 잠시 주위를 맴돌다가, 소심하게 말했다.

"제가 재채기를 해서 침이 튀었습니다, 장관님. 용서해 주십시오. 전 사실 전혀 그런⋯⋯."

"아, 됐소. 이미 다 잊었는데 계속 같은 말을 할 거요?"

그렇게 말하는 장관의 아랫입술이 실룩이는 것을 남자는 눈치챈다.

'잊었다고는 하지만 눈이 화가 나 있어. 말도 하기 싫은 거야.'

집에 돌아와 아내에게 이야기하자, 아내는 걱정이 되면 직접 찾아가 용서를 구하라고 말한다. 다음 날 남자는 새 옷을 차려입고 이발까지 한 다음 장관에게 해명하러 간다.

장관은 접견실에서 많은 민원인들을 상대하고 있었다. 마침내 장관이 남자에게 시선을 향하자 남자는 말했다.

"기억하시는지요. 어제 오페라 극장에서 제가 재채기를 해서, 뜻하지 않게 침이 튀어 죄송하⋯⋯."

"뭐야, 이건. 무슨 소릴 하는 거야!"

그렇게 말하고 장관은 다음 민원인에게로 시선을 돌렸다.

남자는 얼굴이 새파래져서 생각한다.

'나에겐 말도 하기 싫은 거야. 화가 난 게 틀림없어. 그렇다면 가만히 있으면 안 돼. 꼭 해명해야만 해.'

장관이 마지막 민원인과 대화를 끝내고 자기 방으로 돌아갈 때, 남자는 뒤따라가며 소심하게 말했다.

"제가 장관님을 찾아온 건 참회하는 마음이 들어서입니다. 하지만 절대 일부러 침을 튀긴 게 아니란 걸 알아주십시오!"

장관은 울기라도 할 듯한 얼굴로 한 손을 내저었다.

"날 놀리는 거요, 당신?"

그렇게 말하고는 자기 방으로 사라졌다.

남자는 생각한다.

'놀리다니, 무슨 말이지? 난 놀린 적이 없어. 장관이면서 그것 하나 이해 못하나! 정 그렇다면 더 이상 용서를 구하러 오지 않겠어. 차라리 편지를 쓰고 말지, 절대 오지 않아!'

하지만 남자는 장관에게 편지를 쓰지 못한다. 고민하고 또 고민하지만, 편지에 쓸 말을 생각해 내지 못한 것이다. 그래서 다음 날 또 해명하러 찾아갈 수밖에 없었다.

장관이 놀라서 쳐다보자 그는 소심하게 입을 열었다.

"제가 어제 찾아왔던 건, 장관님을 놀릴 생각이 전혀 아니었습니다. 단지 재채기를 하는 바람에 침이 튀어서, 그걸 사죄드리려고 했던 것뿐입니다. 놀리다니요, 제가 어떻게 감히……."

"당장 나가!"

격노한 장관이 몸을 떨며 소리를 질렀다.

"왜 그러십니까?"

공포에 질린 남자가 기어드는 목소리로 물었다. 장관이 발을 구르며 다시 소리쳤다.

"당장 나가라고!"

그 순간 남자는 뱃속에서 뭔가가 끊어졌다. 아무것도 볼 수 없고, 아무 소리도 들을 수 없게 된 채 그는 뒷걸음쳐 거리로 나와 간신히 걸음을 옮겼다. 그리고 집에 도착해 옷도 벗지 않고 소파에 누웠다. 그러고는 죽었다.

나날의 삶에서 셴파는 흔하게 일어난다. 누군가의 비난, 무례함, 불친절, 나의 잘못된 판단과 실수 등이 마음에서 떠나지 않고 영혼을 괴롭힌다. 삶에서 고통받는 이유가 그것이다. 셴파에서 벗어나는 방법은 그것이 일어나는 순간 그것을 자각하는 일이다.

페마 초드론은 물고기 세 마리가 낚싯바늘 주위를 헤엄치는 만화를 예로 든다. 한 물고기가 다른 물고기들에게 말한다.

"낚시꾼에게 잡히지 않는 비결은 이 영양가 없는 미끼에 집착하지 않는 거야."

그것이 낚싯바늘임을 알아차리고 애초부터 걸려들지 않아야 한다. 일단 걸려든 다음에 빠져나오려고 하면 늦다.

나는 이제 모기에 물리지 않는 것으로 유명하다. 하지만 실제로 모기에 물리지 않는 게 아니라 긁지 않는 것일 뿐이다. 모기에 물려도 몇 초만 참으면 가려움이 사라진다. 나아가 '모기가 나를 물었군.' 하고 생각하는 대신 '모기가 이마를 물었군.' 하고 생각한다. 모기에 물린 고통을 피를 흘리는 상황으로 발전시키지 않는 효과적인 방법이다. 이마에 앉은 끈질긴 모기와 어떤 관계를 맺을 것인가는 우리의 선택 사항이다. 물론 뱀이나 독충에 물렸는데 '발목을 물었을 뿐, 나를 문 건 아냐.'라고 생각하라고 권하고 싶지는 않다.

구덩이에 빠졌을 때 우리가 해야 할 일은 구덩이를 더 파는 것이 아니라 구덩이에서 얼른 빠져나오는 일이다. 그것이 자신의 영혼을 돌보는 일이다. 티베트 속담은 말한다.

'걱정을 해서 걱정이 없어지면 걱정이 없겠네.'

나는 왜 너가 아닌가

누군가를 안다는 것은 그 사람을 잘 모른다는 것과 동의어일 때가 많다. 누군가를 안다고 믿지만, 그 사람에 대한 나의 생각과 감정을 믿는 것이다. 또한 누군가를 좋아하고 싫어하지만, 사실은 나의 판단과 편견을 신뢰하는 것이다.

북인도 바라나시에 내가 좋아하는 장소가 있다. 갠지스강 바로 옆 라자가트라는 곳으로, 아침이면 가트(강으로 이어지는 돌계단)에 앉아 강 건너 숲으로 떠오르는 해를 감상할 수 있다. 강에 떠가는 크고 작은 배들과 순례자들도 명상적인 분위기를 더해 준다.

해마다 가다 보니 그곳 돌계단에 유리컵 몇 개, 생강 빻는 둥근 돌멩이, 낡은 가스스토브 등을 늘어놓고 짜이를 끓여 파는 노인과 가까워졌다. 내가 부스스한 머리를 하고 어슬렁거리며 나타나면 노인은 얼른 생강을 빻아 일교차에 시달리는 내 목을 치료해 주었다. 그가 끓이는 짜이가 입맛에 맞아, 일출을 보며 생강 짜이를 음미하는 것이 나의 정해진 아침 일과가 되었다.

그러던 어느 날 우연히 그 짜이왈라(짜이 파는 사람)가 주전자를 들고 계단을 달려 내려가 재빨리 갠지스 강물을 길어 오는 것을 목격하게 되었다. 너무 놀라고 충격을 받아 아무 말도 할 수 없었다. 몇 년 동안 마신 짜이가 더러운 강물로 끓인 것이라니! 실망과 배신감이 이루 말할 수 없었다.

그 이후 라자가트에는 가지 않게 되었다. 노인이 권하는 짜이를 거절할 수 없어 차라리 그쪽으로 가지 않는 쪽을 택했다. 그냥 재빨리 지나치거나 외면하면서 다른 가트로 걸어가곤 했으며, 노인은 갑자기 등 돌린 나를 서운하게 바라보았다. 내 지정석처럼 여러 해 동안 정이 든 장소를 잃어 아쉬웠지만 어쩔 수 없었다.

지난해 겨울 다시 바라나시에 갔다가 이른 아침 라자가트를 지나가게 되었고, 노인과 딱 마주쳤다. 노인은 반갑게 포옹까지 하면서 "언제 왔느냐? 얼마나 있을 거냐?" 하고 물으며 짜이를 권했다. 잠시 주저하다가, 갠지스 강물로 끓인 짜이 한 잔에 죽지는 않을 것이라고 스스로를 설득하며 돌계단에 앉았다. 역시 그의 생강 짜이는 맛이 있었다! 혹시 내가 성스러운 갠지스 강물 체질이 아닌가 생각하며 남은 짜이를 마시는 순간, 노인이 또다시 주전자를 들고 계단을 달려 내려가 강물을 길어 오는 것이 아닌가.

더 이상 모르는 체할 수만 없어서 노인에게 진지하게 말했다.

당신의 짜이를 좋아하고 이 장소가 마음에 들긴 하지만 오염된 강물로 끓인 짜이까지 좋아할 수는 없다고. 비위생적일 뿐 아니라 법으로도 금지되어 있지 않느냐고. 그러자 그는 강물로 짜이를 끓인 적이 없다며 펄쩍 뛰는 것이었다. 만만찮은 노인이었다. 방금 전 붉은 아침해를 배경으로 강물을 떠오는 실루엣을 내 눈으로 목격했는데도 억지를 부리다니.

마시다 만 짜이 잔을 내려놓고 몹시 실망한 표정을 짓는 내게 노인은 돌계단 아래를 가리키며 그곳에 가서 확인해 보라고 했다. 무슨 말인지 몰라 계단을 내려가 살펴보니, 강 바로 위쪽에 파이프가 있고 그곳에서 물이 콸콸 흘러나오고 있었다. 수십 미터 땅속에서 솟아 나오는 지하수였다! 그런 지하수가 강가에 몇 군데 있다는 것을 그때 처음 알았다. 알고 보니 지역 사람들이 믿고 마시는 청정수였다.

낡고 부식된 수도관 때문에 수돗물은 신뢰하지 않는다고 노인은 말했다. 나쁜 물은 짜이 맛을 떨어뜨린다고. 미안해서 고개를 들 수 없었다.

갠지스 강변에서 짜이 가게를 하는 다른 사람들에게도 확인해 보았다. 그들 모두 지하수가 좋다는 것을 알고 있었으나 그 물로 짜이를 끓이진 않았다. 강 쪽에서 물을 떠 오는 것을 보면 나 같은 외국인이나 외지인들이 강물로 짜이를 끓인다고 오해하기 때문이라고 했다. 실제로 여행 안내 책자에도 강물로 끓인 짜이를 조심하라고 적혀 있다.

누군가를 안다는 것은 얼마만큼 아는 것을 의미할까? '안다'처럼 정반대의 말과 같은 의미인 단어가 또 있을까? 가까운 관계라 해도 어떤 사람을 안다고 생각하는 것은 오류에 가깝다. 섣부른 판단으로 우리는 누군가를 잃어 간다. 관계가 공허해지는 것은 서로를 모르기 때문이 아니라 안다고 착각하기 때문이다. 대부분의 경우 상대방이 향하는 방향만 볼 뿐, 그가 어떤 지하수를 길어 올리는지 알려고 하지 않는다. 누군가를 안다는 것, 진실한 관계를 맺는다는 것은 자신의 편견을 깨고 그와 함께 계단 끝까지 내려가는 숙제를 안는 일이다.

나의 편협한 지식이 가로막아 상대방을 이해하지 못한 경험은 또 있었다. 바라나시 가트에서 저녁마다 내 주위에 모이는 아이들 중에 머리가 약간 모자란다고 여겨지는 핀투라는 아이가 있었다. '먹보'라는 뜻의 '페투'라는 별명으로 더 자주 불리는 남자아이였다. 내가 계단에 앉아 글을 쓰거나 짜이를 마시고 있으면 여행자들에게 파는 엽서와 디야(꽃등불) 바구니를 들고 나타나는 아이들 중 한 명이었다.

핀투는 특히 셈에 약했다. 간단한 더하기 빼기조차 못해 돈을 주고받을 때마다 손님을 의심하거나 자신을 의심하거나 둘 중 하나였다. 그래서 하루는 내가 기본적인 계산법을 가르쳐 주기로 마음먹었다. 나는 시장에서 사 온 바나나로 예를 들며 물었다.

"핀투, 내가 너한테 바나나 한 개를 주고, 또 한 개를 주고, 다시 한 개를 주면 넌 바나나가 몇 개지?"

핀투는 눈을 위로 치켜뜨고 엄지로 다른 손가락 끝을 하나씩 짚으며 숫자를 세더니 자신 있게 말했다.

"네 개요."

나는 다시 설명했다.

"내가 지금 너한테 바나나 하나를 줄 거야. 그런 다음 하나를 더 주고, 또다시 하나를 줄 거야. 그럼 너한테 바나나가 전부 몇 개지?"

핀투는 다시금 흰자위가 보이도록 눈을 치켜뜨고서 좀 더 신중하게 손가락을 꼽으며 계산을 했다. 그러고는 말했다.

"네 개요."

나는 달리 어찌할 방법을 알지 못한 채 바나나를 한 개씩 떼어 손에 쥐여 주며 말했다.

"핀투, 먹을 생각만 하지 말고 잘 들어 봐. 내가 너한테 이렇게 바나나 한 개를 줬어. 그리고 또 한 개를 줬어. 그럼 두 개를 준 거지? 이제 내가 이렇게 한 개를 더 줬어. 그럼 너한테 있는 바나나가 전부 몇 개지?"

핀투는 뭔가 잘못되었다는 걸 감지하고 주눅이 들었다. 이마까지 찌푸리고서 다시 셈을 하더니 자신 없이 말했다.

"네 개요."

나는 슬며시 화가 났다. 지난 일 년 동안 어떻게든 학교를 보내려고 후원을 해 왔는데 실망이 컸다. 그런데 내 억양이 강했던 모양이었다. 손에 들린 바나나를 엑, 도, 틴(하나, 둘, 셋) 하며 큰 소리로 세어 주자 핀투는 기가 죽어 약간 울먹였다. 미안한 마음이 들어 어깨를 어루만지며 내가 말했다.

"괜찮아. 바나나는 네가 다 가져도 돼. 셈 공부는 다음에 또 하자."

핀투는 소매로 눈물을 닦더니 고개를 숙인 채 바지 주머니에서 바나나 하나를 꺼냈다. 내가 준 세 개를 합해 노란 바나나가 네 개였다.

우화와 같은 일이 내게도 일어난 것이다. '누군가를 안다는 것은 바닷물을 뚫고 달의 소리를 듣는 것과 같다.'라고 어느 시인은 썼다. 그런 노력 없이 상대방의 마음을 들여다보지도 않고 내 계산법을 가르치려 드는 것은 병이다.

티베트에는 앉자마자 설법하는 사람은 스승으로 따르지 말라는 격언이 있다. 그 사람을 진실로 이해하지 않으면 가르침은 강요에 지나지 않으며 때로는 상처를 주는 일이다. 내가 옳다고 해서 상대방이 틀린 것이 아니다. 당신은 누군가를 꽃피어나게 할 수 있다. 그러나 그것은 그 사람의 꽃이 피어나도록 돕는 것이지 그 사람에게서 당신의 꽃이 피어나게 함을 의미하지 않는다. 머리가 모자라는 것은 핀투가 아니라 나였다.

트라피스트회 신부 토머스 머튼은 『인간은 섬이 아니다』에서 썼다.

"인간은 다른 누군가와 소통할 수 없는 그 자신만의 비밀과 고독을 가지고 있기에 독립적인 인간이 되는 것이다. 우리가 누군가를 사랑한다면, 그를 독립적인 인간으로 만들어 주는 것들도 사랑해야 한다. 우리는 종종 사람들과 자신의 영혼을 모두 황폐하게 만든다. 그것은 자신을 중심에 놓고 자기 삶의 방식에서 상대를 판단하기 때문이다."

나예요

카슈미르 지역을 여행하다 보면 전통 가수나 종교의 신도들이 삼삼오오 모여 앉아 노래를 부르는 것을 볼 수 있다. 의미는 모르지만 호소력 있는 목소리와 선율이 가슴에 와닿아 다가가서 물으면 랄라의 시라고 한다. 랄라는 루미, 카비르와 함께 페르시아-인도 신비주의 시문학의 꽃이다. 랄레슈와리 혹은 랄 데드라는 이름으로도 불린다.

유복한 가정에서 태어난 랄라는 어린 시절 힌두교 바라문 계급의 아버지에게서 교육을 받았다. 그러나 당시 풍습에 따라 열두 살에 결혼하면서 인생이 달라졌다. 특히 시어머니의 멸시와 학대가 끊이지 않았다. 그녀가 밥을 많이 먹는 것처럼 보이게 하려고 시어머니는 밥그릇에 돌을 넣고 그 위에 소량의 밥을 얹어 주곤 했다. 축제 때 식구들은 양고기를 먹으면서도 랄라의 몫은

돌뿐이었다. 자신의 운명을 받아들일 수밖에 없었던 랄라는 불평 없이 그릇과 돌을 씻어서 다음의 식사를 위해 제자리에 얹어 놓았다. 남편은 이 모든 것에 무신경했다.

새벽마다 강에 물을 길러 가야 했는데, 강 부근의 사원에 가서 기도를 하곤 했다. 늦는 것을 눈치챈 시어머니는 불륜을 의심했고, 남편은 덩달아 물항아리를 깨며 폭력을 휘둘렀다. 전해 내려오는 이야기에 따르면 항아리는 깨졌어도 물은 그 형태 그대로 랄라의 머리 위에 얹혀 있었다고 한다. 혹독하게 추운 겨울, 머리에 이고 오는 사이에 물이 얼어 버린 것이다. 마침내 스물네 살이 되었을 때 랄라는 무의미한 결혼 생활에 마침표를 찍고 집을 떠났다.

거의 나체가 되어 갈 곳 없이 떠돌던 랄라는 힘들 때마다 신에게 기도했다.

"나예요, 랄라."

그것이 기도의 전부였다. 사실 그 이상의 무슨 말이 필요한가. 영혼이 견딜 수 없이 힘들고 고통스러울 때 나를 속속들이 아는 이에게 "나예요."라고 말하는 것만으로도 충분하지 않겠는가. 정말로 힘든 친구가 당신에게 전화를 걸어 "나야."라고 말한다면 그는 모든 말을 한 것이다. 그 속말을 이해하지 못한다면 당신은 진정한 친구가 아닌 것이다.

그리고 그렇게 신에게 말하는 순간, 나는 나의 고통과 슬픔만이 아니라 나의 존재, 나의 오롯한 진실, 나의 의지를 보여 주는 것이다. 그때 나는 더 이상 누추한 자가 아니다. 부끄러운 자도 아니고 시련에 쓰러지는 힘없는 자도 아니다. 비로소 내 삶의 중심에 서게 된다. 그것은 자신의 가치대로 살아가겠다는 선언이나 다름없다.

랄라는 기도했다.

"당신이 누구이든, 나예요, 랄라."

당신이 신이든, 무한한 힘이든, 우주 전체이든 지금 내가 이곳에서 당신에게 말을 건네고 손을 내민다는 것이다. 내가 이곳에 있음을, 이 지상에서 꿋꿋하게 살아가고 있음을 알리는 것이다. 이때의 나는 에고가 아니다. 진실한 나 자신이다. 더 이상 혼자가 아니며, 더 큰 세계가 나와 함께하고 있다. 그런 믿음이 방황하는 랄라를 붙잡아 주었다.

영혼이 두 동강 나려고 할 때, 마음이 벼랑으로 미끄러지려고 할 때, 그때가 기도가 필요한 시간이다. 여러 종교의 기도문을 들었지만 나는 이보다 더 진실하고 아름다운 기도를 알지 못한다. 어떤 아픔을 겪었든 삶에 대한 무조건적인 동의로 들린다.

"나예요, 랄라."

'나를 보세요. 아무것으로도 나를 가리지 않고 당신 앞에 섰어요. 옷도 없고, 장신구도 없어요. 가족도 없고, 나를 이해해 주는 친구도 없어요. 하지만 이제 그 무엇으로도 내 아픔의 진실을 묻어 버리지 않을 거예요. 무의미하게 생을 마치지는 않을 거예요. 어떤 고난과 절망도 나를 무너뜨리지 못했어요. 또 다른 역경이 나를 쳐서 일으켜 세웠으니까요……. 언젠가는 이 시련이 충분하다는 느낌이 들 거예요. 이 우연한 삶이 내게 주어진 선물임을 알게 될 거예요.'

나체가 된 랄라는 노래한다.

춤을 춰, 랄라.
오직 공기로 몸을 감싸고서.
노래해, 랄라.
하늘을 입고서.

이 빛나는 날을 봐.
어떤 옷이 이만큼
아름다울 수 있겠어?
이만큼 신성할 수 있겠어?

'날'이 '나'로 중첩되어 들리는 이유는 왜일까? 가식과 허울을 벗어던지고, 아무것도 덧입지 않고, 오직 공기와 푸른 하늘로 몸을 감싸고서 지금 이 순간에 존재함을 노래하는 랄라. 고통과 역경을 딛고 일어서서 '이 빛나는 날'을 보라고, '이 빛나는 나'를 보라고 말하는 랄라. 어떤 옷이 이만큼 아름다울 수 있느냐고.

랄라의 기도가 우리 자신의 기도여야 한다. 가슴이 원하는 삶을 살기 위해, 영혼의 거듭남을 위해 자신의 존재를 외쳐야 한다. 이 지상에서의 여행은 끊임없는 자기 확인의 여정이기 때문이다. 버스 안에서든 바닷가에서든 히말라야에서든 마음속으로, 혹은 소리 내어.

"나예요."

신이 배치해 둔 표식들에 귀를 기울이라. 그러면 길을 발견할 것이다.
우리가 찾는 것이 사실은 우리를 찾고 있다. 표식들을 발견하지 못하고
이미 길들을 지나쳐 왔다면 잠시 뒤돌아보라. 당신이 여행한 어느 골목,

6.

어느 지점에선가 당신의 시선을 붙잡으려고 기다리던 어떤 표식이
떠오를지도 모른다. 당신의 삶을 변화시켰을지도 모를 우연히 넘긴
책의 한 구절이. 삶이 당신에게 말을 걸어왔을 때가.

진실한 한 문장

어니스트 헤밍웨이는 스물두 살 때부터 몇 해 동안 파리에서 생활했다. 그로부터 30년이 지나 죽음을 앞두고 그 시절의 기억을 글로 썼다. 그 글들은 사후에 『날마다 날짜가 바뀌는 축제』라는 제목으로 출간되었다. 소설가로 명성을 얻기 전의 가난함, 빈털터리로 가족을 부양해야 하는 불안감, 첫 번째 아내와의 소소한 이야기, 절친으로 지낸 『위대한 개츠비』의 작가 스콧 피츠제럴드와의 일화 등이 진술하게 담겨 있다.

돈이 없어 책을 빌려다 읽으며 우정을 쌓은, 파리 시내의 셰익스피어앤컴퍼니 서점 주인 실비아 비치에 대한 아련 추억, 이른 아침 마고 카페에서 종업원들이 청소를 하는 동안 커피 한 잔을 앞에 두고 글을 쓰던 일, 생존 작가 중 그가 유일하게 경의를 표한 『더블린 사람들』의 제임스 조이스, 당대의 이미지즘 시인 에즈라 파운드와의 만남도 그려져 있다.

식사 초대를 받았다고 거짓말을 하고 점심 한 끼 값을 아끼기 위해 저녁때까지 공원에 가서 앉아 있거나 미술관에서 시간을 보내곤 했다. 음식 냄새의 유혹을 피하려고 식당이 없는 골목길로 멀리 돌아간 적도 많았다. 신문 잡지에 글 쓰는 일을 포기했기에 수입이 없었고, 단편소설을 팔 곳도 마땅치 않았다. 그러나 빈민가에 살면서도 부끄러워하지 않았다.

"나는 나 자신을 가난하다고 여기지 않았다. 그 사실을 인정하지 않았던 것이다. 부자들을 거만하게 쳐다보고, 당당하게 경멸했으며, 나 자신이 위대하다고 믿었다."

스물두 살의 나에게 많은 위안과 힘을 준 책이 헤밍웨이의 이 산문집이다. 대학 2학년이던 그 시절, 나는 자신도 이해하지 못하는 난해한 시를 쓰는 가난한 문학도에 불과했다. 그 무렵 '우울한 도시의 축제'라는 제목으로 번역된 그 책을 읽으며 곰팡이 핀 자취방과 노숙 생활을 견뎠다. 어떤 책은 밑줄을 그을 필요가 없다. 저자와 내가 하나가 되어 함께 고뇌하고, 함께 공원 의자에 앉아 있고, 함께 꿈꿀 때는.

책에서 헤밍웨이는 쓰고 있다.

"뒷면이 파란 노트 한 권, 연필 두 자루, 연필깎이(주머니칼로 깎으면 너무 낭비다), 이른 아침의 냄새, 그리고 행운. 내게 필요한 것은 그것들이 전부였다. 행운을 위해 마로니에 열매 하나와 토끼발을 오른쪽 주머니에 넣고 다녔다. 토끼발의 털은 오래전에 다 빠졌고 뼈와 힘줄은 닳아서 광이 났다. 발톱은 주머니 안감에 박혀 행운이 아직 거기에 있다는 걸 알려 주었다."

켈트족 미신에서 출발한 토끼발 장신구는 유럽과 남미에서 오랫동안 사용되어 온 행운의 부적이다. 하지만 마로니에 열매도 토끼발도 없던 나는 학교 캠퍼스에서 우연히 주운 옷핀을 검정 바바리코트 안쪽에 꽂고 다녔다. 옷핀 숫자가 점점 늘어나 안 그래도 낡은 안감이 너덜거렸다. 더 힘들고 행운이 더 절실할 때는 몽당연필이나 길에서 발견한 파란색 구슬, 단추 등 아무것이나 주머니에 넣고 다녔다.

그러나 내 가슴 안감에 행운의 부적으로 새겨진 것은 다음의 문장이었다. 얼마나 많이 중얼거렸는지 지금도 외워진다. 글이 써지지 않거나 미래가 불안할 때마다 헤밍웨이는 옥탑방 창가에 서서 파리의 지붕들을 내려다보며 자신에게 말하곤 했다.

"걱정하지 마. 넌 지금까지도 늘 글을 써 왔고 앞으로도 쓸 거야. 네가 할 일은 오직 진실한 문장을 딱 한 줄만 쓰는 거야. 네가 알고 있는 가장 진실한 한 문장을 써 봐."

진실한 문장 하나를 쓰면 거기서부터 시작해 계속 써 나갈 수 있었다. 그것은 어렵지 않은 일이었다. 자신이 알고 있거나 어디선가 읽었거나 누군가에게서 들은 '진실한 문장' 하나쯤은 늘 있었기 때문이다. 그리고 글을 쓰다가 미사여구에 치중하기 시작하면 자신이 맨 처음 써 놓은 그 진실하고 간결한 문장으로 돌아가 다시 시작했다.

진실한 한 문장! 나는 심장이 뛰었다. 그것은 헤밍웨이가 내게 준 부적 같은 선물이었다. 30년이 지난 지금도 나는 글을 쓸 때 이 질문으로부터 시작한다.

'오늘 나의 진실한 한 문장은 무엇인가?'

헤밍웨이는 타고난 천재 작가로 알려져 있지만, 그는 누구보다도 노력하는 사람이었다. 젊었을 때나 나이 들었을 때나 매일 같은 시각, 같은 자리에 앉아 글을 썼다. 펜을 손에서 놓는 순간 자신의 재능을 포기하는 것 같다고 그는 느꼈다.

"글 쓰는 것을 절대로 잊지 않을 것이다. 나는 글을 쓰려고 세상에 태어났고, 여태까지도 그래 왔고 앞으로도 그럴 것이다. 장편이든 단편이든 내 글에 대해 사람들이 하는 말에 조금도 개의치 않으리라."

그리고 이렇게 회상한다.

"어쨌든 그날 하루도 매우 기분 좋게 시작되었다. 오늘은 이만큼 썼으니 내일도 열심히 글을 쓰리라. 글쓰기는 나의 거의 모든 것을 치유해 주었고, 그것이야말로 내가 당시에도 믿었고 지금도 믿는 일이다."

그렇게 해서 파리 생활 후 데뷔 소설 『태양은 다시 떠오른다』를 시작으로 『무기여 잘 있거라』, 『누구를 위하여 종은 울리나』,

『노인과 바다』 등 문학사에 길이 남는 명작들을 발표해 나갔다.

만년에 자신을 찾아온 작가 지망생 아놀드 새뮤얼슨에게 헤밍웨이는 말하고 있다.

"일단 쓰라. 일단 써 보라. 그렇게 낙심하지 말고. 자네는 내가 아는 사람 중에 가장 쉽게 낙심하는 사람이야. 그것이 천재의 징후일 수도 있지만 극복해야 할 과제이기도 해."

무엇으로부터 시작해야 할까? 네 인생의 주제가 뭐야? 지금도 헤밍웨이가 내 옆에 다가와 묻는다. 너의 진실한 한 문장은 뭐야? 너의 진실한 한 마음은? 진실한 한 걸음, 진실한 한 곡조는?

낙하산 접는 사람

해마다 12월이 다가오면 자신이 쓴 시에 조언을 해 달라고 요청하는 시인 지망생들이 꽤 있다. 각 신문사의 신춘문예 응모 시기가 된 것이다. 대학교 1학년 때 시내를 걷다가 우연히 모 신문사 건물 밑에 붙은 '오늘 신춘문예 마감'이라는 공지를 발견했다. 신의 계시라 여기고 건물 안 신문사 문화부를 찾아가, 신춘문예에 응모하려고 하니 원고지를 달라고 부탁했다. 다들 취재를 나갔는지 넓은 사무실에서 혼자 기사를 쓰고 있던 여성 기자가 의심과 불쾌감 가득한 시선으로 나를 쳐다보더니 볼펜으로 캐비닛 위에 쌓인 원고지를 가리켰다. 그녀가 투덜거리거나 말거나 책상 하나를 차지하고서, 외우고 다니던 시 몇 편을 써서 접수하고 나왔다.

1월 1일 자 신문의 시 부문 당선자에 보란 듯이 실린 이름과 사진은 놀랍게도 내가 아니었다. 하지만 아주 기분 나쁘지는 않았다. 즉흥적으로 응모한 것인데다, 심사평을 보니 최종심 3인 안에 내 이름이 들어 있었다. 그것이 계기가 되어 이듬해 학교 수업도 빼먹으며 작심하고 준비해 기어코 그 신문사의 신춘문예에 당선되었다.

시상식을 앞둔 어느 날, 아버지가 시골에서 올라오셨다. 결혼해 서울에서 살고 있는 막내 누나의 연락을 받고 가 보니 한 벌뿐인 구식 양복까지 입고 와 계셨다. 무슨 일이 있느냐고 누나에게 살짝 물었더니, 원래 말수가 없으셔서 잘은 모르지만 내 신춘문예 시상식을 보러 오신 것 같다고 했다. 나는 단호하게 고개를 저었다. 작가가 된다는 것은 가족이 축하할 일이 결코 아니며, 더구나 '시상식 따위'는 시인에게 어울리지 않기 때문에 나 자신도 아마 불참할 것이라고 못을 박았다. 거실에 앉아 계신 아버지도 들을 만큼 큰 소리로.

정말로 불참할 필요까지는 없어서 후배 문학청년들을 대동하고 시상식을 마친 후, 상금으로 취하도록 마시고 자취방으로 돌아왔다. 아버지는 계속 기다리다가 이튿날 내려가셨다고 들었다. 그리고 정확히 2년 뒤 겨울, 암으로 세상을 떠나셨다.

당시 내 거처나 다름없던 대학로 학림다방에 있다가 저녁나절 막내 누나로부터 아버지가 위독하시다는 전화를 받았다. 차비를 빌려 막차를 타고 고향 근처 도시로 내려갔다. 거기서부터는 버스가 끊겨 세 시간 넘게 걸어야 했다. 겨울밤, 마치 기억 속 풍경처럼 얼어서 희게 빛나는 금강을 따라 거무스름한 산짐승 몇 마리 외에는 아무 기척 없는 신작로를 걷던 일이 바로 어제만 같다. 강물은 이어지는 삶의 순간들을 의미한다고 하지만, 내 삶의 일부는 그때 그 순간에 얼어붙어 있다. 내가 도착하고, 눈을 떠서 나를 한 번 바라보신 후 아버지는 곧 돌아가셨다.

장례를 마친 후 아버지의 유품을 정리하는데, 늘 자물쇠를 채워 두시던 상자 안 빛바랜 봉투 안에서 흑백사진들이 쏟아져 나왔다. 스무 살에 일본으로 건너가 20년을 살면서 멀리 필리핀, 인도네시아까지 방랑한 모습이 담겨 있었다. 내가 전혀 알지 못한 사실이었다. 이국의 여인들과 배 위에서 환하게 웃으며 찍은 사진들도 있었다. 그러고는 결혼을 하고, 줄줄이 태어난 자식들을 먹여 살리기 위해 방랑을 접고 홋카이도의 벌목장으로 가서 일을 했다. 거대한 나무들 사이에서 그는 다른 벌목꾼들과 함께 완전히 다른 모습으로 서 있었다.

사진들과 함께 상자 안에는 내 신춘문예 당선 소식이 실린 신문이 단정하게 접혀 있었다. 어디서 그 신문을 구하셨을까? 그리고 그때 나는 왜 그렇게 했을까? 세상을 방랑하던 낭만적인 청년이 그 후 폐결핵에 걸려 고향으로 돌아와서도 가족의 생계를 위해 마지막까지 농사일을 했다는 것을 왜 알지 못했을까? 그 깃좁은 양복을 어머니가 태워 버린다는 것을 내가 가지고 올라와

안감이 다 해질 때까지 입고 다녔다.

얼마 전 델리에 사는 친구가 이야기 하나를 보내 주었다. 2차세계대전 때 많은 공을 세운 아난드라는 이름의 공군 비행대장이 있었다. 적진까지 출격해 중요한 군사기지들을 파괴함으로써 적의 전쟁 의지를 꺾어 놓은 인물이었다. 한번은 적의 포격에 격추되기도 했지만 무사히 낙하산을 펼쳐 탈출할 수 있었다. 제대 후에 고향으로 내려가 살았는데, 어느 날 카페에서 한 남자가 다가와 그에게 군대식으로 경례를 했다. 아난드는 그를 알아보지 못하는 것을 미안해하며, "전에 만난 적이 있던가요?" 하고 물었다.

남자가 말했다.

"저는 비행대장님을 잘 압니다. 제가 근무하던 부대에 함께 계셨습니다. 전투기가 격추되었을 때 대령님은 낙하산을 타고 안전하게 착륙하셨지요. 그날 낙하산을 접어 대령님 전투기에 설치한 담당 병사가 저였습니다. 무사 생환 소식을 듣고 얼마나 기쁘고 자랑스러웠는지 모릅니다."

아난드는 자리에서 일어나 남자를 와락 껴안았다. 자신도 모르게 눈물이 흘렀다. 그리고 그 남자에게 진심 어린 감사의 말을 했다. 그의 전문적인 낙하산 접는 실력 덕분에 목숨을 구한 것이다. 만약 제대로 접혀 있지 않았다면 제때 펼쳐지지 않았을 것이다.

그날 밤 아난드는 잠을 이룰 수 없었다. 같은 공군 부대에 근무하면서 그 병사를 얼마나 많이 지나쳤겠는가. 하지만 그를 알아보지도 못했고, 자신은 장교이고 그는 사병이기 때문에 눈길조차 주지 않았었다.

우리는 우리를 위해 낙하산을 접어 주는 사람을 얼마나 인식하며 살아가는가? 우리가 삶을 살아갈 수 있도록 지지해 주고, 기도해 주며, 중요한 순간마다 물질적으로 정신적으로 온갖 종류의 낙하산을 접어 주는 사람을 혹시 잊고 있지는 않은가? 그리고 우리는 다른 누군가를 위해 얼마나 낙하산을 접어 주며 살아가고 있는가?

진짜인 나, 가짜인 너

세상에서 가장 귀한 향신료라고 할 수 있는 사프란은 무게당 가격이 금과 동일하다. 마늘처럼 생긴 구근에서 곧바로 올라와 핀 고깔 모양의 사프란 꽃에서 붉은색 암술을 하나씩 따 모아 말린 것으로, 1그램의 사프란 향료를 얻기 위해 무려 160개의 구근과 500여 개의 암술이 필요하기 때문에 '붉은 황금'으로 불린다. 말리면 실처럼 가늘어지며 독특한 향과 맛을 낸다. 지중해 연안과 아랍 지방이 원산지이나 수천 년 전부터 여러 문명권에서 음식에 넣는 천연 향미료, 약, 염료, 화장품, 종교적 물감 등으로 사용해 왔다.

사프란은 아랍어 명칭이고, 인도에서는 케사르라 부른다. 지난번 여행 때 향신료 시장에 갔다가 우연히 친구 캄레쉬를 만났다. 내가 케사르를 찾는 걸 알고 그는 가짜가 많으니 조심하라고 단단히 일렀다. 진짜를 어디서 구하느냐고 묻자 그는 주저 없이 말했다.

"내가 구할 수 있지."

캄레쉬는 보험 판매원이라 반경 10킬로미터 안의 구멍가게 주인들과 일방적으로 친했는데, 가장 믿을 만한 향신료 가게를 잘 알 뿐 아니라 그 가게 주인의 남동생이 자기 아내의 오빠가 크리켓 선수로 활약할 때 코치를 하던 남자의 여동생과 결혼했기 때문에 가족이나 다름없다고 했다. 조금 복잡하게 들렸지만, 그는 "아무 걱정 말라!"고 외치며 서둘러 떠났다. 그리고 약속대로 그날 저녁 비닐봉지에 싼 소량의 케사르를 들고 나타났다.

아무것도 모르는 내가 봐도 진짜 케사르였다! 검붉은 실처럼 생긴 희귀한 향신료를 직접 보니 흥분이 되었다. 그리스 로마 시대에는 사프란이 고귀함의 상징인 왕실 의상을 염색하는 데 사용되었으며, 가짜를 만들다 발각되면 사형에 처해질 정도였다. 캄레쉬는 우유 한 잔을 가져와 내가 보는 앞에서 케사르 몇 가닥을 떨어뜨렸다. 곧이어 우유가 샛노랗게 변하기 시작했다. 진짜 케사르라는 부정할 수 없는 증거였다. 신비하게만 여기던 케사르를, 그것도 진품을 손에 넣으니 날마다 차와 우유에 넣어 마실 생각으로 가슴이 벅찼다.

기쁨은 오래가지 않았다. 이튿날 찻집에서 짜이를 마시며 친구 아데쉬에게 내가 구한 케사르 이야기를 했더니 어떻게 향신료 가게를 믿느냐며 펄쩍 뛰었다. 케사르는 금값이나 마찬가지이기 때문에 장사꾼들이 파는 것은 전부 흔한 꽃의 암술에 착색을 한 가짜이며, 심지어 수술에 착색을 한 것도 있어서 절대 먹어선 안된다는 것이었다. 수술을 먹었을 때의 부작용이 뭔지는 몰랐지만 말투로 보아 매우 위험해 보였다. 아데쉬는 자기가 하루이틀 안으로 '진짜' 케사르를 구해 오겠다며 나를 안심시켰다.

성직자 계급인 아데쉬는 힌두교 사원에서 매일 밤 종교의식을 거행하는 성직자들과 가까웠다. 이 종교의식에 케사르가 반드시 사용되기 때문에 지정된 공급자가 있었다. 아데쉬가 의기양양하게 신문지 조각에 싸서 가져온 케사르는 이제는 완전 초보자가 아닌 내가 봐도 진품이 틀림없었다. 짙은 색깔에서 기운이 느껴지고, 우유에 떨어뜨리자 천천히 노란색이 번졌다. 착색한 가짜는 오히려 빨리 색이 우러난다는 것이었다.

그날 저녁, 식사 초대를 받아 인도인 부부의 집에 가면서 케사르를 소량 가지고 갔다. 키르(쌀에 우유와 설탕을 넣고 끓인 라이스 푸딩)에 넣어 색과 향을 음미할 생각이었다. 내가 케사르를 꺼내자 초테 랄 부부는 기겁을 했다. 자세히 볼 필요도 없이 결코 진품일 리가 없다는 것이었다. 보나마나 물에 잘 녹는 종이에 착색을 한 위조품이라고 했다. 그러면서 가장 못 믿을 사람들이 종교인과 결탁한 장사꾼들이라고 단정지었다.

키르를 앞에 놓고 허무하게 앉아 있는 나에게 초테 랄 부인이

미소를 지으며 동전 크기의 플라스틱 통을 가져왔다. 투명한 통 안에 선명한 색깔의 케사르가 들어 있었다! 그녀의 오빠가 카슈미르 국경 지대에서 군인으로 복무 중인데, 그곳 농부들이 재배한 것을 직접 구해 왔다는 것이었다. 두말할 필요 없이 진짜 케사르였다!

그해 여름 라다크에 갔다가 틱세 곰파에 들렀는데, 3,500미터 높이의 사원 입구에 우리의 한약방에 해당하는 소박한 아유르베다 약방이 있었다. 안으로 들어가자 승려 복장의 의사가 돋보기 안경을 쓰고 앉아 있었다. 뜻밖에도 그의 책상 위에 작은 플라스틱 통에 든 케사르가 놓여 있었다. 반가운 마음에 진품이냐고 묻자, 노의사는 당연하다는 듯이 절 쪽을 가리켜 보였다. 부처님을 모시는 곳에서 어찌 가짜를 팔겠느냐는 것이었다.

그는 내 안색과 긴 머리를 주의깊게 살피더니 케사르의 효능을 열거했다. 우울증 치료에 탁월하고, 악성 세포의 성장을 억제하며, 탈모에도 좋다고 했다. 당뇨병과 다이어트에도 효과적일 뿐 아니라 검은 피부를(고산지대의 햇빛에 탄 내 얼굴을 가리키며) 희게 하고, 시력과(내 선글라스를 지적하며) 기억력 향상에도 도움이 된다고 했다. 하지만 독성이 있어서 많이 먹으면 현기증과 구토가 날 수 있으니 조심하라고 경고했다. 이 정도의 전문가적인 소견을 가진 사람이니 그가 파는 케사르를 믿지 않을 수 없었다.

그 네 가지 케사르를 소중히 포장해 한국으로 돌아온 어느 날,

인도인 외교관 집에 초대받아 갔다. 대화 중에 내가 케사르에 관해 겪은 에피소드를 들려주자, 외교관은 한바탕 웃음을 터뜨리더니 '못 말릴 인도인들'이라며 고개를 절레절레 흔들었다. 그러고는 긴 설명이 필요 없다는 듯 코끼리 문양이 새겨진 작은 나무 상자를 가져왔다. 쇠로 된 잠금장치를 풀고 뚜껑을 열자 그 안에 놀랍도록 세련되고 품질 좋은 케사르가 들어 있었다!

한국에 부임하기 전에 아랍 국가에서 근무했는데, 그 나라 장관으로부터 송별 선물로 '진품 케사르'를 받았다고 했다. 그는 상자째로 내게 주면서, 다른 케사르들은 전부 가짜이니 내다 버리라고 권위 있게 말했다. 그가 건넨 상자에는 보증 필증까지 붙어 있었다.

그렇게 해서 나는 지금 다섯 종류의 케사르를 고이 간직하고 있다. 가장 믿을 만한 향신료 가게에서 구입한 것, 신성한 사원에서 종교의식용으로 사용하는 것, 카슈미르 현지의 농부에게서 구한 것, 부처님을 모신 사원의 약방에서 승려 의사에게 구입한 것, 그리고 원산지인 아랍의 고위층 관리가 선물한 것.

'진품'을 권하고 선물해 준 사람들의 우정 어린 마음은 더없이 고맙지만, 그것들을 바라보고 있으면 왠지 저마다 '자신만이 진짜'라고 주장하는 목소리가 들리는 듯하다. 그리고 그것이 단지 케사르의 문제만이 아니라 우리가 살아가는 세상의 단면을 보여 주는 것 같다. 혹시 나도 '나의 케사르'만이 유일한 진품이라고 주장하며 살아오지 않았을까? 내가 믿는 종교, 내가 깨달은 진리, 내가 지지하는 이념, 혹은 내가 따르는 명상법이나 방식이야말로 진짜이며 다른 것들은 전부 가짜이고 위조품이라고.

내가 진짜라고 주장하는 것의 실체는 무엇일까? 혹시 그것은 '진짜 케사르'를 수단으로 '나'를 내세우기 위함이 아닐까? '나는 옳고 너는 틀리다.'고 주장함으로써 나의 에고를 만족시키기 위한 것은 아닐까? 많은 경우에 가짜와 진짜는 본래의 상태가 아닐지도 모른다. 개인의 관점 안에만 있는 주관적인 판단인데 우리가 그것을 절대적인 가치 기준으로 고수하는 것인지도.

만약 그 개인적인 관점과 주장을 내려놓으면 어떻게 될까? 혹시 더 자유로워지지는 않을까?

지금 나는 인도 대사에게 '진짜 중의 진짜 케사르'를 부탁해 놓은 상태이다.

자신을 태우지 않고 빛나는 별은 없다

작가는 이상적인 집필실을 갖기를 소망한다. 자신만의 독립된 공간에 적당한 빛이 들고, 글 쓰는 데 필요한 최소한의 도구가 갖춰져 있는, 월세와 소음으로부터 해방된 장소가 그것이다. 이따금 찾아오는 손님과 차를 나눌 여유 공간이 있다면 더 바랄 게 없을 것이다. 화초를 심을 뜰이 있거나 산책로 있는 산까지 근처에 있다면 신에게 감사할 일이다.

나는 그림까지 그려 붙여 놓고 그런 작업실을 꿈꿔 왔으며, 작가 생활 25년 만에 소원을 이루었다. 이렇게 말하면 낭만적으로 들리겠지만, 난방도 안 되는 80년 된 목조 주택으로 처음에는 세 들어 살다가 너무 추워서 아예 구입해 수리를 했다. 그래서 더 좋은 글을 쓰게 되었는가? 결론부터 말하면 그렇지 않다. 마치 집필 환경은 글과 아무 관계가 없음을 깨닫기 위해 전 재산을 쏟아부은 바보 같다. 오히려 작업실보다는 시끄러운 카페 한구석이나 북적거리는 기차역 대합실, 원숭이들이 기웃거리는 게스트하우스 베란다에서 더 많은 글을 썼다. 어디서든 글을 쓰는 시간과 공간을 신성한 불가침의 영역으로 만들면 되는 것이다.

무굴제국(16세기부터 19세기까지 북인도를 통치한 이슬람 제국)의 아크바르 왕이 숲으로 사냥을 나갔을 때였다. 저녁 기도 시간이 되자 왕은 숲속 바닥에 매트를 깔고 엎드려 기도를 올리기 시작했다. 그때 근처 마을에 사는 여인이 뛰어가다가 왕의 기도 매트 끝을 밟고 말았다. 여인은 땔감을 모으러 간 남편이 어두워져도 돌아오지 않자 걱정이 되어 숲으로 정신없이 달려가던 중이었다.

천한 여인이 신성한 기도 매트를 밟아 더럽히자 화가 난 아크바르는 당장 처형하라고 명령했다. 무릎 꿇린 여인이 말했다.

"내 마음은 오직 남편에 대한 생각으로 가득 차 있어서 당신의 기도 매트를 밟는 것도 알지 못했다. 그런데 당신은 기도 중에 신에 대한 생각이 그만큼도 가득차 있지 않았다. 온 마음으로 기도에 몰입했다면 내가 기도 매트 밟은 것을 어떻게 알았겠는가?"

왕은 여인의 말이 옳음을 인정하고 병사들에게 지시해 맹수들로부터 여인의 남편을 구해 주었다.

환경에 불평이 많다면 우선 내 안의 열정과 몰입을 점검해야 한다. 모든 것을 도맡아 해결해 주는 충실한 도우미와 함께 남태평양의 무인도에 간다고 해서 대작을 남기지는 못한다. 서귀포에서 두 해를 사는 동안 글을 거의 쓰지 못했다는 것은 우연한 일이 아니다. 100미터 안에 바다가 있고, 뒤로는 눈 쌓인 한라산이 보이고, 밤에는 노루들이 기웃거리는 더할 나위 없이 이상적인 환경인데도. 공동체 생활을 할 때 내가 주로 글을 쓴 장소는 내 방의 책상 밑이었다. 사람들이 문을 열고 들여다봐도 내가 있다는 것을 모르게 하기 위해서였다.

'손에 땀을 쥐게 하는 무엇인가를 하라.'고 어느 영문학자는 말했다. 미국 작가 거트루드 스타인은 차 안에서 글을 썼고, 『새장에 갇힌 새가 왜 노래하는지 나는 아네』의 저자 마야 안젤루는 아무도 모르게 호텔 방 하나를 잡아 사전 한 권과 성경책 한 권만 놓고 글쓰기를 시작했다. 터키의 위대한 시인 나짐 히크메트는 작품 대부분을 감옥에서 썼다.

영국 작가 조지 버나드 쇼는 창고 같은 작업실을 지어 '런던'이라고 이름 붙였다. 그래서 사람들이 전화하면 자신은 런던에 있기 때문에 만날 수 없다고 말하곤 했다. 버지니아 울프와 헤밍웨이는 나태해지지 않기 위해 주로 서서 글을 썼으며, 『레 미제라블』의 작가 빅토르 위고는 나체가 되어 하인에게 옷을 다 밖으로 가져가고 펜과 종이만 남기게 했다. 그렇게 하면 글 쓰는 일 외에는 아무것도 할 수 없기 때문이었다. 정말 쓰고 싶은 것이 있고 몰입할 수 있다면 장소는 상관없다.

한 수도자가 수도원장에게 자신은 그 수도원을 떠나겠다고 말했다. 이유를 묻자 그는 말했다.

"이곳의 수도자들은 너무 시끄럽습니다. 수도 생활에는 관심이 없고 다른 수도자에 대한 비난이나 정치에 관한 논쟁, 심지어 미스 월드를 잘못 뽑았다느니 하면서 떠듭니다. 계속해서 부정적인 말만 하는 이도 있습니다. 이곳에서 수행을 계속하는 것은 시간 낭비입니다."

수도원장이 말했다.

"이해하네. 하지만 떠나기 전에 한 가지 부탁이 있네."

"말씀하세요. 그것이 무엇이죠?"

수도원장이 말했다.

"물을 가득 채운 유리잔을 들고 수도원을 세 바퀴만 돌아 주게. 단, 물을 한 방울도 흘려선 안 되네. 그다음에는 떠나도 좋네."

젊은 수도자는 이상한 부탁이라고 생각했지만 오래 걸리지도 않는 일이었다. 그래서 유리잔에 물을 가득 따라 손에 들고 한 방울도 흘리지 않으려고 조심하면서 수도원을 돌았다.

세 바퀴를 다 돌고 나서 수도원장에게 와서 말했다.

"말씀하신 대로 마쳤습니다."

그가 인사를 하고 떠나려는 순간, 수도원장이 물었다.

"유리잔을 들고 수도원을 돌 때, 혹시 수도자들이 다른 누군가를 비난하는 소리를 들었는가? 잡담을 하거나 논쟁을 벌이던가?"

수도자가 듣지 못했다고 하자 수도원장이 말했다.

"그 이유를 아는가? 그대가 유리잔에 온 존재를 집중하고 있었기 때문이다. 물을 쏟지 않기 위해 온 마음을 기울였기 때문에 어떤 소리도 그대의 귀에 들리지 않은 것이다."

그러면서 덧붙였다.

"어느 수도원으로 가든 잡담과 논쟁과 부정적인 말들이 그대를 둘러쌀 것이다. 천국에 가지 않는 한 누구도 소란스럽고 세속적인 환경에서 자유로울 수 없다. 그럴 때 자신이 들고 있는 유리잔의 물에 집중해야 한다. 그대가 최우선으로 여기는 것, 그대의 수행과 성장에. 그러면 어떤 것도 그대를 방해하지 못할 것이다."

작가든 수도자이든 이상적인 공간은 사실 외부의 장소가 아니라 내면에 있다. 그리고 작가와 수도자는 '치열한 노동자', 혹은 자신의 열기에 스스로 화상 입는 사람들이라는 점에서 본질적으로 아무 차이가 없지 않은가. 세상의 그 어떤 일에 몰입하는 사람들도 마찬가지다. 우리 모두는 공평한 빈 페이지를 앞에 놓고 자신의 이야기를 써 나가는 사람들이다. 그 내면으로 들어가는 쉽고 쾌적한 장소는 없다. 단지 나 자신과, 내가 최우선으로 여기는 그 일에 대한 진실한 의지와 몰입만 있을 뿐이다. 내 삶의 언어는 무엇을 쓰고 있고, 내 인생의 물감은 무엇을 그리고 있는가? 자신을 태우지 않고 빛나는 별은 없다.

시인 찰스 부코스키는 창작자에 대한 생각을 시에 담았다.

"창작을 하고자 하는 사람은 탄광 속에서 하루 열여섯 시간을 일해도 창작을 한다. 작은 방 한 칸에 애가 셋이고 정부 보조금으로 생활해도 창작을 한다. 도시 전체가 지진과 폭격과 홍수와 화재로 흔들려도, 고양이가 등을 타고 기어올라도 창작할 사람은 창작을 해낸다. 공기나 빛, 시간과 공간은 창작과는 전혀 상관없다. 그러니 변명은 그만두라. 새로운 변명거리를 찾아낼 만큼 자신의 인생이 특별히 더 길지 않다면."

　이상적인 작업 환경을 기다리는 사람은 아무것도 탄생시키지 못할 것이다. 지금 이 글도 나는 수십 명이 오르내리는 동네 빵집의 이층 테이블, 내가 사는 세상의 작은 모퉁이에서 쓰고 있는 중이다. 그 사이에 두 사람이 와서 아는 체를 했지만, 나는 내가 아닌 것처럼 하고 '류시화는 지금 인도에 있다.'고 알려 주었다.

우리가 찾는 것이 우리를 찾고 있다

내 시를 영어와 폴란드어로 번역 중인 친구가 미르자 갈리브의 이행시를 편지 말미에 적어 보냈다. 19세기 델리에서 활동한 시인 갈리브에 대해 알고는 있었으나 그의 시가 눈에 들어온 것은 그때가 처음이었다.

내 시는 음악도 아니고 악기도 아니다
내 시는 나 자신이 부서지면서 내는 소리

짧은 시에 담긴 무언가가 가슴에 와닿았다. 시는 희망과 환희의 노래일 때도 있지만, 마음과 존재가 무너지고 부서질 때 내는 소리일 때도 있다. 그 소리가 크면 시를 읽는 우리의 마음도 크게 울린다. 갈리브는 인도 무굴제국의 마지막 시인으로, 주로 우르두어로 시를 써서 역사상 가장 뛰어난 우르두어 시인으로 꼽힌다.

　그러고는 한참을 잊고 지냈는데, 여행 중에 산 엽서들을 정리하다가 아라베스크 풍의 장식 무늬가 있는 둥근 지붕 위로 비둘기들이 날아오르는 사진 한 장을 발견했다. 그 아래에 이행시가 적혀 있었다.

　　모든 것 속에 당신이 있으나
　　그 어떤 것도 당신과 같지 않네

　역시 갈리브의 시였다. 터키석 박힌 대리석 건물이 인상적이어서 산 것인데 갈리브의 시를 그제야 읽게 되었다. 누군가를 사랑할 때면 눈에 보이는 사물과 풍경들이 사랑하는 이를 떠올리게 한다. 흔들리는 꽃나무, 바람의 향기, 새벽에 하얗게 사라져 가는 별들도. 그러나 어떤 것도 사랑하는 이의 부재를 채워 주지는 못한다. 사랑하는 이를 대신할 만한 것은 이 세상에 아무것도 없다. 신에 대해서도 마찬가지이리라.

　언제 샀는지도 잘 기억나지 않는 엽서였다. 그로부터 얼마 후, 명상 잡지 〈샴발라선〉을 넘기던 중 갈리브의 또 다른 이행시가 눈에 들어왔다.

　　새들을 허공에 날아가게 하라

너의 새는 돌아올 것이니

왜 붙잡으려고 하는가? 떠나는 것은 떠나게 하고, 끝나는 것은
끝이게 하라. 결국 너의 것이라면 언젠가는 네게로 돌아올 것이
니. 고통은 너를 떠나는 것들에 있는 것이 아니라 그것들을 떠나
보내지 못하는 네 마음에 있다. 놓아 버려야 할 것들을 계속 붙
잡고 있는 마음에.

상류층 이슬람 전통에 따라 13세에 결혼한 갈리브는 서른 살
까지 일곱 명의 자식을 얻었으나 그중 한 명도 유아기를 넘기지
못했다. 그 고통이 여러 편의 시에 담겨 있다. 편지를 많이 쓴 갈
리브는 한 편지에서 자신이 갇힌 첫 번째 감옥은 인생이고, 두 번
째 감옥은 결혼이라고 고백했다.

마치 누군가가 의도적으로 보내는 것처럼, 갈리브와 관련된 표
식들이 그 이후에도 계속 내 앞에 나타났다. 어느 해 여름, 무더
운 날씨 속에 올드델리의 미로 같은 골목을 걷고 있는데 한 중년
남자가 내게 "갈리브 하벨리?"라고 말하며 좁은 골목을 가리켜
보였다. 아무것도 묻지 않았는데, 외국 여행자인 내가 그곳을 찾
고 있다고 생각한 모양이었다.

골목으로 들어가자 '갈리브 하벨리'라고 적힌 오래된 건물 앞
에서 걸인 행색을 한 노인이 반갑게 손을 내밀었다. 노인은 적선
을 청하며 노래를 부르기 시작했다. 귀 기울여 듣고 있었더니 지

나가던 사람이 뜻을 알려 주었다.

　　손금을 보려고 하지 말라
　　손이 없는 자에게도 행운이 찾아올지니

　갈리브 하벨리는 '갈리브의 집'이라는 뜻으로, 시인은 이 집에 살면서 시를 쓰고 그곳의 창문 있는 방에서 숨을 거뒀다. 벽마다 갈리브의 시가 걸려 있고, 유품과 두툼한 자필 시집이 전시되어 있었다. 갈리브는 궁정시인으로 활동했으나 왕의 권위에 도전한 죄로 감옥에 갇히기도 했다.

　　물방울의 기쁨은 바닷속으로 사라지는 것
　　고통은 그 한계를 넘을 때 스스로 치료제가 되네

　올드델리를 여러 번 갔었는데도 갈리브 하벨리를 찾아간 것은 그때가 처음이었다. 전에 알지 못했던 것이 이상할 정도였다. 어떤 표식은 그렇게 늘 그 자리에 있지만 우리가 알아차리지 못하고 지나친다. 그러다가 어느 날 그것을 발견하고 놀란다.
　우연이 중첩되면 필연이 된다. 내가 알고 지내는 시타르 연주자이자 수피 가수인 수자트 칸이 어느 날 문득 자신이 노래한 〈천 개의 욕망〉이라는 곡을 알려 주며 들어보라고 했다. 갈리브의 시를 노래로 부른 것이었다.

> 천 개의 욕망 모두 목숨을 걸 가치가 있으니
> 그중 많은 것을 이루었으나 난 여전히 더 많은 걸 원하네

오늘날 갈리브의 시는 전 세계 학자들에 의해 다양하게 해석되고, 많은 전통 가수들이 노래로 부르고 있다. 그러나 당시는 그의 시와 행동을 이해하는 사람이 소수였으며, 늘 세상의 많은 오해와 비난 속에서 살아야 했다. 그의 시에서 그것이 드러난다.

> 신이여, 사람들은 내 말을 이해하지 못했으며 앞으로도 이해하지 못할 것입니다
> 그들에게 다른 가슴을 주시든지, 아니면 차라리 내가 다른 방식으로 말하게 하소서

그 이후에도 나는 책에서, 대화에서, 게스트하우스 벽에서, 가수들(누스라트 파테 알리 칸과 자그지트 싱)의 노래에서 계속 갈리브의 시를 만났다. 콜카타에서 묵은 호텔은 우연히도 미르자 갈리브 스트리트에 있었다. 서른 살에 콜카타를 여행한 갈리브가 '천국 같은 도시'라고 찬사를 남긴 것을 기념해 지은 거리 이름이다. 그 거리 근처를 거닐다가 옥스퍼드 서점을 발견하고 안으로 들

어갔더니 갈리브의 시집이 눈에 띄었다. 내가 전혀 의도하지 않았는데도 마치 나에게 숨은 메시지를 전하는 화살표들처럼 계속해서 미르자 갈리브가 보였다. 내가 그것에 관심을 갖자 파동이 파동을 불러와 더 많은 표식들이 내 앞에 나타났다. 그 표식들은 마침내 거부할 수 없는 강력한 신호가 되었다. 그래서 마침내 갈리브의 시들을 모아 한 권의 시집으로 번역하게 되었다. 나의 의도적인 결정이라기보다 숨어 있던 표식들이 하나둘 나타나 자연스럽게 그곳으로 나를 데려간 것이다.

꿈에 연속적으로 나타난 보물을 찾아 떠난 코엘료의 소설『연금술사』속 양치기 청년도 여러 번 '표식sign'이라는 말을 듣는다. 늙은 왕은 그에게 말한다.

"표식에 주의를 기울이게."

목표에 이르게 하는 표식, 길을 안내하는 표식들이 곳곳에 있을 테니 잘 살피라고 말하면서 노인은 조언한다.

"신은 인간들 각자가 따라가야 하는 길을 적어 주셨어. 보물이 있는 곳에 도달하려면 그 표식들을 잘 따라가야 해."

내가 아는 한 여성도 삶에서 나타나는 표식에 주의를 기울였다. 친구가 선물한 알파카 털실로 짠 겨울 모자에서, 거리 축제에서 우연히 만난 남미 원주민들의 춤에서, 텔레비전 다큐멘터리와 여행 작가의 책갈피 속에서, 그리고 계속되는 신기한 일들에서 표식이 계속 발견되었다. 결국 그녀는 직장을 그만두고 페루로 가서 4년을 지냈다. 돌아와서 만난 그녀는 페루 여인으로 변해 있었다. 바라던 인생을 발견한 듯 정신까지 야생의 싱그러움을 드러내고 있었다. 지금도 그녀는 표식들을 따라 신이 적어 놓은 자신의 길을 발견해 나가는 중이다.

나는 그 표식을 '공개된 비밀open secret'이라고 부른다. 모두에게 공개되어 있으나 아직 그것을 볼 수 없는 사람에게는 비밀인 채로 남아 있기 때문이다. 이것이 신이 우리에게 메시지를 보내는 방식이라고 나는 생각한다. 사실 그것은 숨겨져 있지 않다. 단지 우리가 현실 속에서 불필요한 것들에 너무 많이 시선을 빼앗기고 있어서 못 보고 지나치는 것일 뿐.

나를 떠나면서 당신은 세상의 끝날에 우리가 만날 것이라고 말했다
얼마나 재치 있는 농담인가, 마치 세상의 끝날이 다른 날인 것처럼

사랑하는 이가 떠나는 날이 곧 세상의 끝날이 아니겠는가. 미르자 갈리브의 시 번역만이 아니다. 내가 삶에서 이룬 대부분의 중요한 일들은 내 앞에 나타난 일련의 표식들로 인해 이루어진 일들이었다. 표식들을 놓치지 않고 믿고 따라가다 보면 반드시 답이 얻어졌고, 그 경우에는 세속적인 성공에 관계없이 결과가

다 좋았다. 오히려 머리로 만든 계획이 정작 내가 살아야 할 삶을 방해할 때가 더 많았다. 크나큰 계획은 언제나 나의 의지나 계획을 넘어서 있었다.

시인 루미는 말한다.

"그대가 사랑하는 것이 그대를 끌어당길 것이다. 그것을 말없이 따라가라. 그대는 길을 잃지 않을 것이다."

신이 배치해 둔 표식들에 귀를 기울이라. 그러면 길을 발견할 것이다. 나무에 새겨진 표시를 따라 방향을 정하듯, 불분명하게 뒤엉킨 삶의 미로 속에서도 길을 잃지 않을 것이다. 일상 속 어디에나, 타인과의 대화나 꿈속에도 삶의 방향을 가리키는 작은 표지판들이 있다. 모두가 그것을 발견하는 것은 아니다. 우리가 찾는 것이 사실은 우리를 찾고 있다.

표식들을 발견하지 못하고 이미 길들을 지나쳐 왔다면 잠시 한적한 숲의 어느 나무 아래서 눈을 감고 뒤돌아보라. 당신이 여행한 어느 골목, 어느 지점에선가 당신의 시선을 붙잡으려고 기다리던 어떤 표식이 떠오를지도 모른다. 당신의 삶을 변화시켰을지도 모를 무심코 나눈 대화 속 한 단어, 우연히 넘긴 책의 한 구절이. 삶이 당신에게 말을 걸어왔을 때가.

꽃들은 세상의 구경거리를 감상하는 법을 가르쳐 주네
모든 색깔을 알아차리려면 눈을 뜨고 있어야 한다고

나날의 삶 속에서 표식을 발견하는 것이 영성이다. 여러 가지 일을 겪으며 표식들을 따라가면 언젠가는 해답에 이른다. 그리고 그 표식들은 내가 올바른 길을 가고 있음을 재확인해 준다.

예기치 않은 표식들은 우리를 가슴 뛰게 만든다. 가슴이 그 번갯불 같은 표식들과 접촉하도록 허락할 때 새로운 운명이 열린다.

갈리브는 썼다.

'번개는 나에게 쳤어야 한다.'

에필로그
하늘 호수로부터의 선물

한 이란 상인이 인도로 긴 출장을 가게 되었습니다. 그는 마음씨 좋은 사람이었기 때문에 떠나기 전에 가족과 점원들을 모두 불러 인도에서 원하는 물건이 있으면 선물로 사다 주겠다고 약속했습니다. 그러자 각자 옷과 향신료와 장신구 등 갖고 싶은 것을 말했습니다.

상인이 운영하는 상점에는 사랑스러운 앵무새가 한 마리 있었습니다. 앵무새는 아름다울 뿐 아니라 영리해서 말을 유창하게 할 줄 알았습니다. 손님들과 날마다 얘기를 주고받고 노래를 불렀으며, 덕분에 가게가 나날이 번창했습니다. 그래서 상인은 앵무새를 친한 친구처럼 여겼으며, 정원이 내다보이는 창가에 예쁜 새장을 걸어 놓고 맛있는 먹이를 주었습니다.

상인은 앵무새에게도 원하는 것이 있으면 인도에서 구해다 주겠다고 말했습니다. 그러자 앵무새는 선물을 거절하며 한 가지 소원을 이야기했습니다.

"인도의 어느 장미 숲에 가면 내 친구 앵무새들이 살고 있습니다. 나도 그들과 함께 숲에서 살다가 새 장수에게 잡혀 이곳에 오게 되었지요. 그 앵무새들을 만나면 이 말을 전해 주세요. '나는 큰 도시의 멋진 새장 안에서 주인의 사랑을 듬뿍 받으며 살고 있어. 노래를 뽐내면서 맛있는 음식을 즐기고 있지. 하지만 너희처럼 하늘을 날진 못해. 나도 너희와 함께 장미 숲에서 자유롭게 살고 싶지만 갇힌 신세라서 그럴 수가 없어. 그러니 너희가 싱그러운 나무들 위를 날고 즐겁게 꽃향기를 맡을 때마다 새장 속의 나를 꼭 기억해 주면 좋겠어.'라고 말예요."

상인은 앵무새가 하는 모든 말을 귀 기울여 듣고, 꼭 그렇게 하겠다고 약속했습니다.

한 달 후, 인도에서 일을 마친 상인은 모두에게 줄 선물을 챙긴 뒤 앵무새가 말한 장미 숲으로 갔습니다. 그곳에 정말로 자신이 키우는 것과 똑같이 생긴 한 무리의 앵무새들이 살고 있었습니다. 상인이 그 새들에게 자신의 집에 있는 앵무새가 한 말을 전하자, 그중 한 마리가 갑자기 비명을 지르더니 심하게 몸을 떨다가 장미 나무에서 떨어져 죽고 말았습니다.

놀란 상인은 자신이 전한 슬픈 소식 때문에 친구 앵무새가 충격을 받아 죽은 것이라 여겼습니다. 집으로 돌아온 그는 자신의 앵무새에게 장미 숲에서 있었던 일을 설명했습니다. 그러자 이야기를 들은 앵무새는 새장 안에서 갑자기 비명을 지르더니 심하게 몸을 떨다가 고개를 꺾고 죽었습니다.

사랑하는 앵무새의 죽음에 큰 충격을 받은 상인은 이 모든 것이 슬픈 소식을 전한 자신의 잘못이라 여기고 심한 죄책감을 느꼈습니다. 그는 죽은 앵무새를 묻어 주기 위해 새장을 들고 뒤뜰로 갔습니다. 땅에 구멍을 판 후 새장에서 죽은 앵무새를 꺼내 바닥에 내려놓는 순간, 그때까지 뻣뻣하게 굳어 있던 앵무새가 휙 날아가 높은 나뭇가지 위에 앉는 것이었습니다.

놀란 상인이 소리쳐 물었습니다.

"어찌된 일이냐? 넌 조금 전까지도 죽어 있었는데 어떻게 부활할 수 있었지?"

나무 위의 앵무새가 말했습니다.

"내 말을 전해 들은 인도의 친구 앵무새가 나에게 자유로워지는 방법을 알려 준 거예요. '너의 멋진 노래 솜씨와 말하는 재능으로 사람들을 즐겁게 하기 때문에 넌 새장에 갇혀 사는 거야. 주인의 칭찬과 맛있는 음식이 곧 너의 새장이야. 그것들을 포기해야만 넌 자유로워질 수 있어.'라고 말예요."

상인이 앵무새에게 말했습니다.

"신의 가호 아래 네가 원하는 곳으로 평화롭게 가도록 해. 너는 나에게도 내가 가야만 할 곳을 보여 주었어. 그 멋진 여행을 위해 나도 준비를 해야겠어."

어느새 우리는 새장 안의 안락함에 취해 푸른 하늘의 기억조차 잊어버린 것은 아닌지, 저 멀리 보이는 하늘을 자유롭게 날아본 적이 있는지 되돌아보게 만드는 우화입니다.

한 권의 책이 출간되면 저는 언제나 여행을 떠납니다. 상인처럼 다음 작품을 준비하기 위해. 이번에도 인도로 향합니다. 원하는 것을 말씀해 주시면 구해 가지고 오겠습니다.

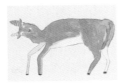

표지
아프리카 영양
종이 · 수채 · 색연필
312×543cm

12쪽
큰뿔양
종이 · 아크릴 · 연필
605×726cm

54쪽
멧돼지
종이 · 오일파스텔
1350×2400cm

92쪽
코뿔소 타기
종이 · 아크릴 · 연필
595×840cm

134쪽
치타
판넬 · 아크릴 · 색연필
365×513cm

174쪽
갈색꼬리감기원숭이
종이 · 수채 · 색연필
205×556cm

218쪽
고릴라
종이 · 아크릴
588×835cm

그림 미로코 마치코 Miroco Machiko©

일본의 화가이자 그림책 작가로 1981년 오사카에서 태어났다. 23세 때 그림을 시작해 열정적으로 전시회를 열고 있으며, 거침없는 화풍으로 동물과 식물을 생명력 넘치게 그려 주목받고 있다. 최근에는 고양이의 작은 앞니 관찰에 열심이다. 고양이 소토와 보의 방해를 받으며 작품 활동을 이어 가고 있다. 2012년『늑대가 나는 날』로 그림책 작가로 데뷔했으며, 제18회 일본 그림책상 대상을 받았다. 다른 그림책으로는『내 이불은 바다야』『흙이야』등이 있다.『내 고양이는 말이야』로 제45회 고단샤 출판문화상 그림책상을 받았다. 이 책에 실린 그림의 촬영은 사진작가 Kuge Yasuhide©가 했다.

류시화는 시인으로 시집『그대가 곁에 있어도 나는 그대가 그립다』『외눈박이
물고기의 사랑』『나의 상처는 돌 너의 상처는 꽃』을 냈으며, 잠언시집『지금 알
고 있는 걸 그때도 알았더라면』『사랑하라 한번도 상처받지 않은 것처럼』을 엮
었다. 인도 여행기『하늘 호수로 떠난 여행』『지구별 여행자』를 펴냈으며, 하이
쿠 모음집『한 줄도 너무 길다』『백만 광년의 고독 속에서 한 줄의 시를 읽다』
『바쇼 하이쿠 선집』을 엮었다. 번역서로는『인생 수업』『술 취한 코끼리 길들이
기』『마음을 열어주는 101가지 이야기』『달라이 라마의 행복론』『티벳 사자의
서』『삶으로 다시 떠오르기』등이 있다. 2017년 봄 산문집『새는 날아가면서 뒤
돌아보지 않는다』를, 2018년 봄 '인생학교에서 시 읽기1'『시로 납치하다』와 같
은 해 여름 우화집『인생 우화』를 출간했다. 서울과 인도를 오가고 있다.

좋은지 나쁜지 누가 아는가

1판 1쇄 발행 2019년 3월 5일
1판 37쇄 발행 2024년 6월 21일

지은이 류시화

펴낸이 김기중 **주간** 신선영 **편집** 오하라 민성원 백수연
마케팅 김신정 김보미 **경영지원** 홍운선 **펴낸곳** 도서출판 더숲
주소 서울시 마포구 동교로43-1 (04018)
전화 02-3141-8301~2 | **팩스** 02-3141-8303
이메일 info@theforestbook.co.kr **페이스북·인스타그램** @theforestbook
출판신고 2009년 3월 30일 제2009-000062호

ISBN 979-11-86900-78-9 03810

이 도서의 국립중앙도서관 출판예정도서목록(CIP)은 서지정보유통지원시스템
홈페이지(http://seoji.nl.go.kr)와 국가자료공동목록시스템(http://www.nl.go.kr/kolisnet)에서
이용하실 수 있습니다. (CIP제어번호: CIP2019003033)